꿈은 이루어서 자신에게 선물하는 거야

글 신광철
그림 김도균

긍정이와 웃음이의 마음공부 여행 I

긍정이와 웃음이의 마음공부 여행 I

초판 2쇄 발행일 2021년 1월 5일

저　　자 | 신 광 철
펴 낸 이 | 김 희 경
캐 릭 터 | 김 도 균
디 자 인 | 권 민 철

펴 낸 곳 | 느티나무가 있는 풍경
주　　소 | 경기도 남양주시 가운로4길6-8 302호 (다산동)
대표전화 | 031-555-6405
등록일자 | 2020년 10월 20일

ISBN 979-11-971341-1-1(03800)
CIP CIP2020041558

*잘못 만들어진 책은 바꾸어 드립니다.
*값은 뒤표지에 있습니다.

느티나무가 있는 풍경

CONTENTS

01 WEEK

나무는 온몸으로 일어서고, 나무는 죽는 날까지 성장해

02 WEEK

오늘은 날마다 피어나는 한 송이 꽃이야

03 WEEK

운명아, 너는 내 손 안에 있어

04 WEEK

용서는 내가 자유로워지기 위해 해야 하는 거야

05 WEEK

모자라고 어리석은 자신을 받아들이는 것이 위대한 것이야

06 WEEK

배는 안전한 항구에 매어두려고 만들지 않아

CONTENTS

07 WEEK

사랑도 가지고 있어야 줄 수 있는 거야

08 WEEK

자신에게 긍정을 선물해 봐

09 WEEK

감사는 지친 나를 살게 하는 힘이야

10 WEEK

꿈에는 도전한 자만이 다다를 수 있어

11 WEEK

세상을 설득하는 것보다 나 자신을 설득하기 더 힘들어

12 WEEK

사랑을 배운 날은 사람으로 완성 되는 날이야

CONTENTS

13 WEEK

스승을 안에서 찾아라

14 WEEK

하늘 맑은 날보다 마음 맑은 날이 좋아

15 WEEK

행복안경을 써 봐

16 WEEK

행복을 아는 사람은 어려움이 와도 다시 행복을 찾아 내

17 WEEK

인생은 축제야

18 WEEK

행복은 공짜야

CONTENTS

19 WEEK

길을 잃으면 천국을 만날 수 있어

20 WEEK

마음농사가 최고의 농사야

21 WEEK

시간에 떠내려가지 마

CONTENTS

25 WEEK

온혈의 온도가 사랑의 온도야

26 WEEK

지금은 사랑할 시간이야

긍정이와 웃음이를
데리고 다니세요
행복이도 슬며시 다가와요

긍정이와 웃음이

따뜻한 위로의 이야기를 선물합니다

'긍정이'와 '웃음이'라는 동화 같은 등장인물을 통해 따뜻하고, 훈훈한 공간을 만들려 했습니다. 긍정이와 웃음이, 이름을 부르는 것만으로도 마음 안에 평화가 깃들기를 바라는 마음으로 작명했고, 두 등장인물이 여행을 하면서 삶을 깨닫는 과정입니다.

긍정과 웃음이 필요한 사회였고, 긍정과 웃음은 사실 제게 필요한 덕목이었습니다. 긍정이와 웃음이하고 손잡고 다니세요. 인생이 순간 나비날개를 단 것처럼 가벼워져요. 행복해지고요. 세상이 순간 따뜻해지면서 꿈을 꾸지요. 내가 선 자리가 천국이 되는 걸 느끼실 수 있습니다. 내 마음이 행복하면 천국이고, 내 마음이 힘들면 지옥이지요. 세상은 마음 가지고 노는 것이었지요. 긍정이와 웃음이 그리고 행복이, 세 친구는 인생을 성공으로 안내하는 전도사거든요. 삼총사지요. "긍정이와 웃음이를 꼭 데리고 다니세요. 그러면 행복이도 슬며시 다가와요." 삶이 순간 작은 날개를 단 듯 가벼워집니다.

이야기는 모두 366개로 만들어져 있습니다. 365일+1일로 만들어져 있습니다. 1년은 365일이고 4년마다 1일이 더 늘어나지요. 그래서 366개의 이야기입니다. 날마다 하나씩 가슴에 별처럼 새겨놓으라고 만들었지요. 그리고 일주일마다 7개씩을 묶어서 주단위로 사용하도록 했습니다. 1년은 모두 53주입니다.

꽃은 자신의 자리를 아름답게 만들고, 향기를 세상에 전합니다. 사람도 자신이 서 있는 자리를 아름답게 만들 책임이 있습니다. 그리고 아름다움을 세상에 전할 의무가 있습니다. 이유는 사람은 아름다운 존재이기 때문입니다. 감사합니다.

신광철 작가

오늘은
날마다 피어나는
한송이
꽃이야

01
WEEK

나무는, 온몸으로
일어서고,
나무는 죽는 날까지
성장해

1. 마음은 불러내는 것만 찾아와

긍정이와 웃음이는 친한 친구다. 웃음이가 긍정이에게 말했다.
"너를 만나면 내 맘이 환해지는데, 그게 뭘까?"
"나도 널 만나면 그런데!"
둘의 맞장구가 맑은 햇살이 반짝이는 것 같다.
긍정이가 먼저 답했다.
"난 간단해. 내 안에는 많은 것들이 들어있어. 꿈, 희망, 사랑, 웃음 그리고 슬픔, 눈물, 아픔 같은 것들이 들어 있지. 한데 난 내가 좋아하는 것들만 불러내거든."
"아하, 그렇구나. 긍정아. 이런 말 아니?"
"뭔 말?"
긍정이의 귀가 쫑긋했다.
"사람 안에 들어있는 것들은 주인이 불러내야 찾아온다는 말. 부르지 않은 것들은 감정상자 안에서 잠잔다고 했어."
"넌 긍정만 불러내서 널 만나면 내가 즐거웠구나."
"그럼, 넌 웃음만 불러내서 늘 웃고 사는구나."
긍정이와 웃음이는 함박웃음을 웃었다. 긍정이와 웃음이가 있는 공간도 까르르 웃었다.

2. 세상은 놀 줄 아는 사람에게는 놀이터고, 행복할 줄 아는 사람에게는 천국이야

"인생은 아름다워."
시인이 소리쳤다.
"인생은 예술이야."
그림을 그리는 미술가가 소리쳤다.
"인생은 한바탕 꿈이야."
몽상가도 소리쳤다.
그러자 가만히 생각에 잠겨 있던 철학자가 한 마디 했다.
"인생은 자신의 마음으로 만드는 창조작품이야. 놀 줄 아는 사람에겐 놀이터고, 생각하는 사람에겐 철학의 마을이고, 꿈을 꿀 줄 아는 사람에겐 몽상의 언덕이야. 그리고 예술가에겐 작품을 만드는 창작소지."
그러자 긍정이와 웃음이가 듣고 있다 긍정이가 말했다.
"우리에겐 낭만여행이예요."
여행 중인 긍정이다운 말이었다.

3. 어른 안에는 잠자는 아기가 하나씩 들어 있어

"너 그거 아니. 어른 안에는 잠자는 아기가 하나씩 들어 있다는 거."
"그래?"
긍정이가 생뚱맞게 말을 꺼내자 웃음이가 눈을 동그랗게 떴다.
"나이가 들어서도 엄마가 보고 싶어지는 거."
"맞아, 맞아. 나도 엄마가 그리워서 쩔쩔 맬 때가 있어. 지금도 비슷해."
"내 안에 있는 아기가 잠에서 깨어나면 엄마가 보고 싶어."
"하지만 여기는 집에서 멀리 떨어져 있는 인도인 걸."
웃음이가 아쉬워했다.
인도는 사람의 나라였다. 어디를 가나 사람들이 넘쳤다. 길에서 수도하는 사람, 물건을 파는 사람, 구걸하는 사람들로 북적거렸다.
"이상한 건 사람들이 많은 곳에서 왜 나는 엄마가 보고 싶은 걸까?"
"엄마는 천국이거든."
웃음이의 물음에 긍정이가 답했다.
"천국, 그래 맞아. 그래서 모든 엄마는 천사를 낳는 거야. 자라면서 천사의 마음을 잃어버리는 거고."
"그래. 나도 그렇게 생각해. 이제 알았다!"
긍정이가 다시 호들갑을 떨 듯이 말했다.
"뭘?"
"엄마가 보고 싶어지는 이유를!"
"뭔데?"
"어른은 천국을 잃어버렸잖아."
"그래. 그런데?"

"원래는 천사였는데 천국을 잃어버렸으니 천국으로 돌아가고 싶잖아."
"그래서?"
"그래서 천사였던 사람들이 다시 천사가 그리워지는 거지. 천사가 되기 위해서는 천국에 가야 하잖아"
"그래. 네 말이 맞다. 우리 모두는 태어날 때 천사였으니 다시 천사가 되기 위해서는 엄마를 만나야 하는 거구나. 그래서 엄마가 보고 싶고."

4. 추억은 쌓이고 시간은 흐르는 거야

"시간은 흐르는 걸까, 쌓이는 걸까?"

웃음이가 첫사랑을 떠올리며 혼잣말처럼 이야기했다.

구름이 흐르고 있었고, 강물도 흐르고 있었다.

"추억을 생각하면 시간은 쌓이는 거야. 추억은 늙지 않고 사진첩처럼 한 장, 한 장 쌓이잖아."

긍정이가 단정 짓듯이 말했다.

"그래. 추억을 보면 쌓이는 것 같은데 시간은 왜 흘러가는 것처럼 느낄까?"

긍정이의 말에 웃음이의 눈이 별처럼 반짝였다.

"이유는 모르지만 지금 내가 여기서 만나는 시간은 흘러가고, 이미 지나간 시간은 쌓이는 걸 거야."

"그래, 그래. 시간 속에 있을 때는 이어져 흘러가는 것처럼 느끼고, 지나간 것은 이미 끊어져 쌓이는 거지. 그래서 추억은 쌓이고 시간은 흐르는 거지."

긍정이와 웃음이는 큰 발견이라도 한 것처럼 웃었다.

5. 열매는 왜 둥근지 아니, 사랑으로 만들어져서 그래

봄이 오자 웃음이의 얼굴이 더 환해졌다. 웃음으로 얼굴에 가득했다.
"열매는 네모난 게 없이 왜 모두 동그란 줄 아니?"
"그런가."
긍정이가 묻자 웃음이가 다시 고개를 갸웃하며 생각해 보았다. 사과 배 살구 포도 머루 다래, 모두 정말 동그랗다. 사각형이나 세모가 없네.
"정말 그렇네."
"열매들은 사랑으로 만들어지거든. 사랑은 직선이 아니고, 곡선이거든. 그래서 동그란 거야. 그리고 열매는 가을이 오면 봄으로 떠나. 봄으로 가려면 춥고 어두운 겨울을 건너야 하는데, 모나지 않은 긍정으로 가라는 뜻이야."
"아하! 긍정아, 네 마음과 같은 거였구나."
"그리고 세상에 존재하는 것들 중에 큰 것은 다 둥글어. 지구와 별이 둥글고, 원운동을 하거든. 궤도가 둥글지 않으면 한 자리에 머물 수도, 다시 만날 수도 없어."
"아하, 정말 그렇구나."
긍정이의 답에 웃음이가 환하게 웃었다. 하늘의 마음을 닮은 긍정이와 웃음이의 웃음이 가을하늘에 가득했다.

6. 나보다 부족한 사람에게 감사하라

궁정이와 웃음이가 경주 양동마을을 여행하다 수염이 하얀 노인을 만났다. 인생 이야기를 하다 노인에게서 의미있는 이야기를 들었다.

"학교 다닐 때 같은 반 친구들에게 가장 큰 기쁨을 준 학생이 누구겠나?"

"유머가 있는 친구나 노래를 잘 해 즐겁게 한 친구가 아닐까요?"

"그렇기도 하지만 모두를 행복하게 한 학생은 공부를 꼴찌한 학생이지."

"?"

"반 친구 전원을 1등씩 올려주었으니 그렇지. 반대로 1등한 친구는 반 친구 전체를 1등씩 밀리게 했고."

"그렇군요."

"세상도 마찬가지야. 나보다 모자라고 어리석은 사람을 무시하지만 진정 내가 나은 자리를 차지한 것은 모자라게 가진 사람들 덕이지. 진정 감사해야 할 사람은 능력있는 사람이 아니라 모자란 사람이야."

"!"

"그래서 약자와 가난한 사람을 위한 봉사와 배려가 필요한 거야. 일부러 가난할 필요는 없지만 나의 가난은 누군가에게 부를 선물한 것이기도 해. 그래서 나누어 가져야 하는 거야."

7. 나무는 온몸으로 일어서고, 나무는 죽는 날까지 성장해

“경주 양동마을은 안동의 하회마을과 함께 세계문화유산으로 지정된 의미있고 유교문화가 남아있는 독특한 마을이야. 마을이 세계문화유산으로 지정된 것은 세계에 6개에 불과할 만큼 희귀한 사례지.”
수염이 하얀 노인과 양동마을의 한옥 누마루에서 이야기를 계속하고 있었다. 노인의 혜안이 남달랐다.
긍정이가 화제를 바꿔 물었다.
"삶에 척도가 될 만한 좋은 말씀 부탁드립니다."
"나무처럼 살면 성공했다고 생각하네."
"나무처럼요?"
"그렇지. 나무는 온몸으로 일어서지. 생애 전체를 일어서는 일에 바치지. 결국 세상에 우뚝 서지. 직립한 존재가 되는 거지. 그리고 자존을 굽히지 않는 것이 나무야."
"그렇네요."
웃음이가 눈을 반짝이며 말했다.
"또한 나무는 태어나서 죽을 때까지 성장하는 존재야. 성장을 포기하지 않지."

02

WEEK

오늘은 날마다
피어나는
한송이 꽃이야

8. 모든 길은 돌아오는 길과 만나게 되어 있어

궁정이와 웃음이는 여행 중이었다. 남미에 있는 볼리비아의 산타클로스 마을을 지나고 있었다. 노인들이 쉬고 있는 커다란 나무그늘로 들어갔다.

"어디로 가는 중이요?"

나이가 지긋한 노인이 말을 건넸다.

"여행하는 중이예요."

"여행은 자신을 사랑하는 사람이 하는 것이지."

"그런가요?"

"자신을 사랑해야 바람 속에 자신을 세울 수 있지."

"예?"

"진정 자신을 사랑하지 않고서는 자신을 모험 속으로 내몰지 못 하지. 여행은 돌아오는 길을 찾는 것이라서 그래."

궁정이와 웃음이는 호기심이 발동했다.

'돌아오는 길을 찾는 것이 여행'이란 말에 그리고 '자신을 사랑하기 때문에 오히려 모험 속으로 내몬다'는 말에 귀를 쫑긋 세우고 노인을 바라보았다.

"여행은 돌아오는 길을 찾는 것이라고요?"

"그렇지. 여행의 최종 목적지는 나 자신이지. 그래서 모든 길은 돌아오는 길과 만나게 되지."

여행의 최종 목적지는 나 자신이라는 말과 모든 길은 돌아오는 길과 만나게 되어있다는 말에 가슴이 뜨거워졌다.

"좋은 말씀 고맙습니다."

궁정이와 웃음이의 목소리가 밝아졌다.

9. 큰 걸 깨달으려면 멈출 줄을 알아야 해

“세상을 많이 여행하는 사람이 깨달을까요, 아니면 한 곳에 머무르는 사람이 깨달을까요?”

긍정이가 뜻밖의 질문을 했다.

"큰 걸 깨닫고 싶으면 여행도 좋지만 머뭄도 함께 해야 하는 것이야."

"!?"

"여행자보다 면벽한 사람이 깨닫는 것과 같지. 지식이나 정보보다 자신을 바라보고 세상을 꿰뚫는 지혜는 통찰에서 오는데, 통찰은 머물 때 집중할 수 있거든."

"?!"

"그래서 세상을 떠도는 여행자가 크게 깨달았다는 이야기는 없고, 오히려 한 곳에 머물러 면벽한 자가 크게 깨달았다는 거지."

우리나라에서 가장 넓은 면적을 차지하고 있고, 3개도를 접하고 있는 지리산에서 수행하고 있는 노인을 만나 긍정이와 웃음이가 이야기를 듣고 있었다.

10. 오늘은 날마다 피어나는 한 송이 꽃이야

웃음이가 환하게 웃으며 긍정이에게 노래하듯 말했다.

"오늘은, 날마다 꽃처럼 피어나!"

"그렇네. 오늘도 꽃이네."

긍정이가 웃음이의 말에 공감했다.

"그렇네. 오늘은 날마다 피어나는 꽃이 맞아!"

"웃음아, 네 표현이 좋다."

"그럼. 오늘에서는 모락모락 피어나는 긴장이 있지만 오늘은 인생을 만드는 유일한 현장이거든."

웃음이의 말에 긍정이가 호감을 표현하자 웃음이의 하얀 이가 햇빛에 반짝였다.

웃음이가 한 마디를 더 했다.

"꽃은 지상에서 일어나는 일 중에서 하나의 기적이야. 마찬가지로 인생에서 기적을 만드는 날은 오늘, 오늘 뿐이야!"

11. 생각을 뒤집어봐, 세상이 달라져

산은 묵직하게 삼각구도로 안정되고 강은 쉼 없이 흐르고 있었다. 궁정이와 웃음이가 산자락에서 강을 향해 얇은 돌로 물수제비를 뜨고 있었다.

"네 이름을 긍정이로 지은 이유는 뭐니?"

"울 아빠가 지어준 이름인데 긍정은 오뚝이의 다른 이름이랬어."

"오뚝이의 다른 이름?"

"응. 실패를 실험실에서는 실험이라고 하잖아. 쓰러져도 다시 제 자리로 돌아가 바로 서는 오뚝이처럼 다시 일어서게 하는 생각이랬어. 다시 말하면 생각뒤집기지."

"생각뒤집기?"

"그래, 생각뒤집기. 지쳐서 쓰러졌을 때 다시 일어나려면 동력이 필요한데, 마음을 뒤집으면 쉬워져. 요즘 유행하는 말 있잖아?"

"그게 뭔데?"

"말을 뒤집으면 세상이 달라지는 것."

"그래? 빨리 말해 봐!"

웃음이가 긍정이를 재촉했다.

"다 알고 있는 말인데. 자살을 뒤집으면 살자. 인연을 뒤집으면 연인이 되고, '나 힘들다'를 뒤집으면 '다들 힘나'가 된다는 말!"

"우와, 나는 첨 들었네. 늦게 들어도 감동은 같다. 아하, 감동도 뒤집으니 동감이 되네. 감동하는 순간 같은 느낌으로 동감이 되는 원리네."

웃음이의 말에 긍정이가 말을 받았다.

"재미로 하나 더 하면 '꿈꾼다'를 뒤집으면 누구나 '다 꾼 꿈'이지, 계속 꿈꾸는 사람이 성공하는 거잖아."

12. 웃음은 천국의 표정이야

"웃음아. 내 이름은 설명했으니 네 이름을 지은 사연을 들어보자."
궁정이가 웃음이에게 말했다.
웃음이의 하얀 이가 얼굴 가득한 웃음과 함께 반짝거렸다.
"울 엄마와 울 아빠가 지으셨대."
"무슨 뜻으로?"
"웃음은 하늘의 마음을 닮은 표정이라고 하셨어."
"하늘의 마음을 닮은 표정이라고"
"좋다!"
궁정이가 박수를 치며 칭찬해 주었다.
"그리고 웃음은 천국을 여는 열쇠라고도 하셨어."
"천국을 여는 열쇠, 그것도 좋다!"
궁정이의 귀가 쫑긋해졌다.

13. 웃음은 천국을 여는 열쇠야

"천국을 여는 열쇠가 웃음에 들어 있어서 웃음이 세상을 행복하게 만들고, 사람들을 행복하게 전염시킬 수 있는 힘을 가지고 있다고 하셨어."

"맞아! 너와 함께 있으면 웃음이 너를 따라서 자꾸 웃게 돼."

"고마워. 좋게 봐줘서. 그래서 울 엄마는 이런 말씀을 하시곤 하셨어."

웃음이가 잠시 숨을 쉬기 위해 말을 멈추자 긍정이가 궁금한 듯 재촉했다.

"웃음아. 얘기 해 줘!"

"웃고 있으면 그 순간 세상은 천국이 되는 거라셨어. 그리고 천국은 먼데 있으면 안 되고 가까운 곳에 있어야 진정한 천국이라고 하셨어."

"우와, 맞아. 웃음아, 너는 천국에서 온 천사가 맞아. 우리가 웃고 있으니 우리가 선 자리가 천국이야!"

긍정이의 말에 웃음이도 따라서 크게 웃었다. 긍정이와 웃음이가 만든 천국이 환했다.

14. 모든 경계에는 꽃이 피는 거야

궁정이와 웃음이는 격렬한 토론장에 있었다.
"한 사람의 생각과 또 한 사람의 생각이 만나는 것이 토론입니다. 다른 환경과 다른 입장에서 만났기 때문에 서로 다른 생각을 하는 것은 자연스러운 일입니다. 저는 다름이 만나서 더 큰 세상을 열 수 있는 계기가 되리라 믿습니다."
모인 사람들이 모두 공감했다. 격렬했던 분위기가 부드러워졌다.
"안과 밖으로 경계 지어진 것이 있습니다. 벽입니다. 벽을 열 수 있는 것이 있습니다. 문입니다. 여러분은 모두 다름과 다름을 연결해 주는 문이 되실 것을 믿습니다. 벽은 닫고, 문은 열라고 만들어졌습니다. 여러분은 모두 오늘 새로운 문을 여는 주인공이십니다. 좋은 결론을 위한 개방된 문이 되어주시기 바랍니다."
시끄럽고 혼란스러웠던 토론장이 조용해졌다.
"그래서 시인은 '모든 경계에 꽃이 핀다'고 했나 봐!"
궁정이가 웃음이에게 함민복 시인의 시의 한 구절을 말했다.
"모든 문은 경계에 피는 꽃이야."
이번에는 조용하게 시인이 결론을 내듯 말했다.
궁정이와 웃음이가 환하게 웃었다

03 WEEK

은영아. 너는
내 손안에
있어

15. 인생은 과정을 즐기는 예술이야

"흔히 성공해서 편히 쉬며 살고 싶다고 하지. 하지만 쉬고 놀려고 태어나지 않았네. 쉬는 건 일한 후에 쉬는 거라네. 쉰 후에 다시 쉬는 걸 꿈꾸는 사람에게 가장 좋은 장소가 있지."

"그런 장소가 있을까요?"

"먹여주고 재워주고 입혀주고 그리고 씻겨주기까지 하는 곳이 있네. 가격도 가장 비싸지."

여주와 이천은 강진과 더불어 도자기의 고장이다. 긍정이와 웃음이는 여주에서 도공과 의미있는 시간을 가지고 있었다.

"대단한 곳인가 봅니다."

도공이 말을 잠시 멈추고 웃었다.

"병원침대라네."

"에이."

긍정이와 웃음이가 뜻밖의 답에 실망스런 표정을 지었다. 하지만 너무나 정곡을 찌르는 말이었다. 정말로 먹여주고 재워주고 입혀주고 그리고 씻겨주기까지 하는 곳이었다. 가격도 호텔보다도 비쌌다.

"일이 행복한 거고, 휴식은 일을 하고 나서 천국으로 만들어 주지."

"그래도 노동 없는 휴식을 꿈꾸잖아요."

긍정이가 말했다.

"그렇지. 하지만 일이 없는 인생은 목표가 없는 것과 같다네. 목표가 없으면 길을 잃은 것과 같지."

"그렇네요."

"이번에는 하고 싶은 일만 못하게 하고, 인간의 누릴 수 있는 기본적인 편의, 즉 먹고 놀고 쉬고, 다시 먹고 놀고 쉴 수 있는 공간이 있는 데 아시나?"
긍정이와 웃음이가 잠시 생각해 보고는, 대답했다.
"모르겠습니다."
"감옥이라네."
긍정이와 웃음이가 뜻밖의 답에 놀라는 표정을 짓자 말을 계속 했다.
"기본적인 편의를 제공해주고 일하는 것을 제한시킨 곳이지. 욕망, 즉 꿈을 실현시키지 못하게 하는 것이 벌이라네."
도공이 너털웃음을 웃자 긍정이와 웃음이도 따라서 웃었다.
"꽃이 피지 않고 그냥 열매를 맺으면 좋을 듯하지만 아니라네. 씨가 떨어져 새싹이 나오고, 새싹이 힘들지만 자라고, 꽃을 피우고, 열매를 맺는 과정이 아름다운 것이라네. 인생 또한 과정을 즐기는 예술이라네."

16. 행복해지는 법은 너무 쉬워

"행복해 지는 법을 알고 싶어요."
여행자들이 모여 장작에 불을 지피고 이야기하던 중에 야영장 주인에게 프랑스에서 찾아 온 젊은 여인이 말했다. 젊은 여인은 이번 여행이 행복을 찾기 위해 떠난 것이라고 했다.
야영장 주인은 담백하게 답했다.
"행복해지는 방법은 너무 쉬워서 아무나 할 수 없습니다."
"너무 쉬워서 아무나 할 수 없다는 말씀이 이해가 안 됩니다."
한 중년 여성이 따지듯이 말했다. 다른 여행자들도 야영장 주인에게 암묵적으로 이해할 수 없는 말이라는 표정을 짓고 있었다. 긍정이와 웃음이도 마찬가지였다.
"행복에는 이유가 없습니다. 행복은 행복하다고 생각하는 순간 행복한 것입니다. 이것처럼 쉬운 일이 있을까요?"
"쉬운 듯 어려워 보입니다."
"그렇지요. 진정한 행복은 조건충족으로 행복해지는 것이 아닙니다. 행복은 안으로부터 솟아 오르는 샘물 같은 거지요. 세상을 따뜻하게 바라보고, 품어 안는 마음일 때 창조되는 세계입니다. 다시 말씀드리지만 행복은 행복하다고 생각하는 방법 외에는 없습니다."

17. 운명아. 너는 내 손 안에 있어

긍정이와 웃음이가 부처님오신날이라 해인사를 찾았다. 팔만대장경이 보관되어 있는 절이다. 스님 한 분이 이야기를 하고 있었다.

"어느 산에 스님 한 분이 살았습니다. 들리는 바로는 아직까지 한명도 그의 말문을 막히게 한 사람이 없다고 했습니다. 어느 날 똑똑한 아이가 손에 작은 새 한 마리를 쥐고 스님에게 가서 물었습니다. '스님 이 새가 죽은 건가요? 아니면 살아있는 건가요?'
스님이 살았다고 하면 목 졸라 죽여 버리고, 죽었다고 하면 날려 보내야지. 내가 드디어 이 스님을 이기는구나, 소년은 마음이 흡족했습니다.
스님이 웃으면서 말했습니다.
'얘야. 그 새의 생사는 네 손에 달렸지. 내 입에 달린 것이 아니란다.'
꼬마는 새를 날려 보내며 말했습니다.
'스님은 어떻게 이토록 지혜로우신가요?'
그러자 스님이 대답했습니다.
'예전에는 정말 멍청한 아이였단다.
그러나 매일 열심히 공부하고 생각하다 보니 지혜가 생기기 시작하더구나.
너는 나보다 더 지혜로운 사람이 될 것 같구나.'
그러나 아이는 슬픈 기색을 보이며 말했습니다.
'어제 어머니께서 점을 보셨는데 제 운명은 엉망이라고 했습니다.'
스님은 잠깐 동안 침묵하더니 아이의 손을 당겨 잡았습니다.
'얘야, 네 손금을 좀 보여주렴. 이것은 감정선, 이것은 운명선, 이것

은 생명선이다. 자, 이제는 주먹을 꼭 쥐어보렴.'
아이는 주먹을 꼭 쥐고 스님을 바라보았습니다.
'얘야. 네 감정선, 운명선, 생명선이 어디 있느냐?'
'바로 제 손 안에 있지요.'
'그렇지, 바로 네 운명은 네 손 안에 있는 것이지. 다른 사람의 입에 달린 것이 아니란다. 다른 사람으로 인해 네 운명을 포기하지 말거라'
이 이야기는 이곳에 머물던 성철스님의 이야기입니다."

스님은 긴 이야기를 마쳤다. 긍정이와 웃음이의 귀에는 이야기의 향기가 남아 있었다. 좋은 이야기에서는 좋은 향기가 났다.

18. 자랑하는 재미로 사는 거야

한강의 발원지인 검룡소를 찾았다. 오지는 서늘한 깊이를 보여준다. 긍정이와 웃음이는 물어물어 찾아갔다. 뜻하지 않게 깊은 산 속에서 조용히 살아가는 노인을 만나 이야기를 할 기회가 있었다.

"사는 건 자랑하는 재미로 사는 거야."

"왜지요?"

"얼굴에 화장을 하고, 옷을 챙겨 입는 것도 자랑하고 싶어 하는 거야. 권력과 돈을 벌려 힘쓰는 것도 자랑할 수 있기 때문이지. 무엇보다 내가 성장하는 것이 자랑스럽잖아."

"혼자 사는 사람은 어떻게 하지요?"

"자랑에는 세 가지가 있지. 첫째는 자신에게 자신을 자랑하는 거지. 둘째는 남에게 자랑하는 거고, 셋째는 남에게 내 자랑을 하게 하는 거지."

"어떤 자랑이 좋은가요?"

"자신에게 하는 자랑이 으뜸이고. 남에게 자랑하는 것을 자랑질이라고 해서 욕먹는 거지. 그리고 자랑은 내가 남에게 하는 게 아니라 남이 인정하고 또 다른 사람에게 해주어야 진정한 자랑이지."

"자랑하려는 마음이 나쁜 것만은 아니네요?"

"그렇지. 하지만 타고난 것, 다시 말해 거저 얻은 것으로 자랑하는 것은 어리석은 거지."

"거저 얻은 자랑은 무얼 말씀하시는 거지요?"

"잘 생긴 타고난 얼굴이나 타고난 좋은 머리 그리고 물려받은 유산은 자랑에서 제외되어야 하는 거야. 자랑은 살게 하는 힘이고 필요하지만 단서가 있어. 내가 이룩한 것이어야 하는 거지."

한강의 발원지 검룡소는 산과 나무와 풀 그리고 숲으로 이루어진 원시의 모습이었다.

"이곳에 사는 것들은 저 혼자의 기쁨으로 사는 것들만 있지. 꽃도 혼자 피어서 스스로에게 아름다움과 향기를 전하고, 사람은 제 즐거움으로 살아가는 사람만 살지."

혼자 살고 있는 노인의 말이었다.

"외롭지 않으세요?"

"외로움이 재산인 것을 나이 들어 알았다네. 쓸쓸함 없이 어떻게 삶을 배우겠는가."

19. 왜 산에 사냐고, 심심하게 살고 싶어서야

"왜 산에서 살아요?"
산에서 혼자 사는 사람을 만났다.
"혼자가 좋아서."
오지 중에도 오지였다. 전기도 들어오지 않는 깊은 산중이었다.
"이곳에서 무엇하며 사세요?"
"아무 일도 안해."
".... 심심하지 않으세요?"
"심심하게 살려고 들어왔지. 아무 일도 안 하려고 들어온 거야."
"그래도 심심하면 뭐 하세요?"
"아무 생각도 안하는 연습을 하지."
"예?"
긍정이가 말문이 막혔다.
"사람은 생각을 하는 동물이야. 그래서 가끔은 아무 생각도 안 하는 시간이 필요하지."
"!"
"참선한다는 말, 알지?"
"예."
"참선은 다른 게 아니야. 참선은 생각을 하는 게 아니라 생각을 잠시 끊는 거야."

20. 차가운 지식을 따뜻한 가슴으로 데워야 해

"긍정아. 너는 무엇이 아름답니?"

"나는 사람이야."

"사람? 사람이라고!"

뜻밖이라는 듯 웃음이가 반문을 하며 목소리를 높였다.

"사람은 차가운 머리와 뜨거운 가슴을 같이 가지고 있으면서 두 다리와 두 손으로 아름다움을 실천하거든."

"어떤 면에서?"

"차가운 머리로 지식을 배우고, 따뜻한 가슴으로 차가운 지식을 따뜻하게 데우지."

"!"

"그리고는 두 다리로 여리고 약한 것들에게 직접 다가가 두 손으로 가슴의 마음을 전하지. 그들이 성자고, 세상의 엄마라고 생각해."

순간 웃음이는 인간이 세운 에펠탑보다 긍정이가 아름다워 보였다. 머리로 사는 것보다 가슴으로 사는 사람이 아름다워 보였다. 엄마의 가슴이 그리웠다.

21. 슬픔이 문을 열고 나가면 기쁨이 다른 문으로 찾아 와

긍정이와 웃음이는 대학로에서 거리공연을 구경하고 있었다. 노인 둘이 공연하는 신파극 같은 거였다. 초록이 점령한 대학로는 활기가 넘쳤다. 점령군이 인자해 생명 모두가 반기는 봄이었다.

노천무대에서 노인 한 사람이 혼잣말 하듯이 이야기 했다.

"꽃도 그늘을 만들지. 꽃그늘이라고 하지. 하늘을 나는 새도 세상에 그늘을 떨구며 날아가고. 솔개그늘이라고 하지. 그늘 없는 세상은 없어. 사람도 얼굴에 그늘이 졌다고 하지. 슬픔이 찾아온 거야."

다른 노인이 또 다시 혼자 이야기 하듯이 말했다. 둘의 공연이지만 독백 같은 대사였다.

"걱정하지 마. 온 것은 가게 되어 있어. 슬픔이 문을 열고 나가고 다른 문으로 기쁨이 들어오지. 걱정하지 마. 걱정 없는 게 더 걱정이야. 자식도 걱정이고, 농사도 걱정이고, 사랑도 걱정이지. 자식도 농사거리도 사랑도 없어 봐. 더 막막하지. 걱정하는 재미로 세상사는 거야."

04

WEEK

용서는 내가
자유로워지기 위해
해야 하는 거야

22. 새싹 돋는 봄이 찬란하듯 살아 있는 자체가 빛나는 게 생명이야

노인 둘이 공연하는 신파극이 계속 되고 있었다.
다시 첫 노인이 말을 받았다. 하지만 역시 혼잣말처럼 독백이었다.
"그럼, 그렇고말고. 걱정을 해결하는 재미로 사는 거지. 바람이 불어도 걱정, 바람이 없어도 걱정, 물이 많으면 홍수, 물이 마르면 가뭄이라고 하지. 원래 세상은 모자라기도 하고 넘치기도 하는 거야."
참 특별한 공연이었다. 배우와 관객이 하나가 되고 있었다. 이번에는 두 번째 노인이 받아서 다시 말했다.
"그늘도 고맙지. 그늘 없는 곳은 사막이 되지. 다 고마운 거야. 쓸데없는 건 없어. 나는 누구의 눈물일 수 있지만 나는 또한 누구에게는 웃음일 수 있어."
다시 첫 번째 노인이 말을 받았다.
"살아 봐. 좋은 거야. 생긴 대로 사는 게 아름답게 사는 거야. 제비꽃은 작은 키로 봄을 이끌어 오고, 목련은 키가 큰 대로 봄을 데리고 오잖아. 오는 대로 가슴 뛰게 사는 게 잘 사는 거야."
어느 새 독백은 다른 노인에게로 옮겨져 갔는데도 눈치 채지 못할 만큼 자연스러웠다.
"그럼, 그렇고말고. 힘들게 사는 것도 사는 방법이야. 완성되지 않은 대로 살아 봐. 그렇게 사는 것도 잘 사는 거야."
"그럼, 그렇고말고. 새싹 돋는 봄이 찬란하듯 살아 있는 자체가 빛나는 게 생명이야."
대학로가 꽉 찬 듯했다. 아름다운 봄날이었다. 두 노인은 한 사람 같았고, 배우와 관객도 둘이 아니고 하나같았다. 대사가 음악 같았다.

23. 용서는 내가 자유로워지기 위해 해야 하는 거야

지리산에서 만난 스님은 조용하면서도 유장하게 흐르는 깊은 강물처럼 적막한 느낌을 주었다. 단어와 단어의 간격이 길면서도 정확했다. 평평하고 널찍한 바위 위에서 모여 앉아 이야기를 나누고 있었다. 미워하는 사람에 대한 간결한 답이었다.

"나에게 상처를 준 사람도 놓아주어야 합니다. 용서는 내가 자유롭기 위해서지요."

"그래도 미운 걸 어떻게 하지요?"

젊은 여인이 한 남성에 대한 상처에 대해 묻자 스님이 대답에 반문을 했다.

"미워하는 마음을 새하고 비유해 보세요. 미움의 새를 마음 안에 가두어 두는 순간 끝없이 미운 마음이 생기지요."

"예."

"미움에게 먹이를 주기 위해 미움을 생산해야 하니 자신은 미움의 생산공장이 됩니다. 마음 안이 미움으로 가득해지지요. 결국 자신이 미움의 감옥에 갇히게 됩니다."

"예. 그렇네요."

"미움의 새를 날려 보내야 내가 비로소 자유로워집니다. 미움의 새를 날려 보내면 미움이 필요 없지요. 평화가 찾아 와요."

24. 등불은 마음 안에 달아야 하는 거야

긍정이와 웃음이는 여행만큼 공부가 재미있었다. 인생을 깨닫는 즐거움이 있었다.

지리산에서 만난 스님의 말씀이 산을 내려 와서도 남았다.

"깨닫는다는 건 마음 안에 등불을 켜는 거야."

긍정이와 웃음이는 듣고만 있었다.

"사람들은 세상에 어둠을 밝히려 등불을 달지만, 등불은 정작 마음 안에 달아야 하는 거야. 그래야 세상이 어두울 때도 환하게 살 수 있지."

25. 빛나는 미래에서 희망을 가불해서 살아 봐

긍정이와 웃음이가 순천만으로 자리를 옮겼다. 세계적인 습지였고 갈대가 아름다웠다. 특히 칠면초가 원모양으로 자라는 모습이 빛났다. 순천만에서는 장뚱어탕이 유명했다. 허름한 식당이었지만 맛이 최고였다.

순천 토박이 주인의 말이 빛났다. 식당 안에서 누군가 앞으로의 일에 대한 걱정을 계속 하자, 말을 끊고는 굵고 큰 소리로 말했다.

"철수야. 걱정할 시간 있으면 생각을 바꿔. 기왕 가불하려면 희망을 가불해 봐. 걱정을 가불하지 말고."

둘 사이는 친구 사이 같았다.

한 방에 날려 버리는 홈런 같은 말이었다. 티 없이 맑은 미래에서 굳이 걱정을 가불해서 쓸 일이 아니었다. 투박하고 거친 목소리가 빛났다.

26. 살아있다는 기적 같은 현상에 아찔하지 않니

"오늘은 기적 같은 거야. 오늘은 티끌 하나 없이 처음인 얼굴로 찾아오거든."

"그래. 나는 아침이면 세상을 안 배운 맑은 아가 웃음이 떠올라."

웃음이의 말에 긍정이는 행복한 듯 손을 들고, 까치발로 길을 걸어가며 말했다.

"아, 살아 있다. 생명이 내 몸 안에 찰랑찰랑 넘실거리잖아. 살아있다는 기적 같은 현상에 아찔하지 않니?"

"나도 그래. 살아 있어 행복하다."

27. 하늘웃음을 웃어 봐

지리산 쌍계사로 들어가는 가로수 벚꽃은 아름다웠다. 일시에 피어나는 벚꽃은 겨울 동안 갈변해 버린 것들에게 도전장을 내밀듯 밝고 환하게 피었다. 벚꽃 그늘 아래서 긍정이와 웃음이가 투명한 오늘에 취해 있었다.

"우리 오늘로 무얼 해 볼까?"

웃음의 말에 긍정이가 잠시 생각하다 소리치듯 말했다.

"하늘 웃음을 배워보자."

"우와. 멋있다. 하늘웃음 배우기!"

까르르 숨 넘어 갈 듯한 긍정이와 웃음이의 웃음이 파란 하늘에 별처럼 반짝였다.

28. 자신이 가지고 있는 것을 사랑하는 사람은 행복해

"왜 부자가 자살할까요?"

"다른 것은 가난하니까."

"구체적으로 무엇이 가난할까요?"

"많지. 먼저 자존감이 가난하고, 돈으로 살 수 있는 것은 많지만 살면서 가장 중요한 것은 살 수가 없지."

"뭔데요?"

"사람의 마음."

명쾌한 답이었다. 다시 이어서 말했다.

"마음이 가난하면 견디기 힘들어."

충북 진천 백곡에 느티나무가 있는 풍경이 아름다웠다. 마을 노인과 긍정이와 웃음이가 이야기 꽃을 피우고 있었다.

"행복한 사람은 어떤 사람이지요?"

"자신이 가지고 있는 것을 사랑하는 사람은 행복하고, 가지고 있지 않은 것을 사랑하는 사람은 불행하지."

05

WEEK

모자라고 어리석은 자신을
받아들이는 것이
위대한 것이야

29. 기도는 자신에게 하는 거야

불교문학관을 개관한 지 얼마 안 되어 모든 것이 새로웠다.
혜관 스님의 말이 계속 되었다.
"사람 안에는 위대한 각성의 힘이 있으니 스스로 깨달아 세상을 바르게 보고, 바르게 살라는 것입니다. 인생지도 한 장 가지게 되는 것이 깨달음입니다. 사는 처세를 배우는 것이 아니라 살아있음의 이유를 깨닫는 것입니다. "
"아하. 그렇군요."
"그렇습니다. 부자 되게 해 달라, 싸워서 이기게 해 달라, 성공하게 해 달라는 것을 어찌 다 들어주겠습니까? 혼자만 잘 되겠다는 기도를 들어주어서도 안 되고요."
'혼자만 잘 되겠다는 기도를 들어주어서도 안 된다'는 말에 가슴에 와 닿았다.
"그렇다면 많은 사람들이 왜 기도를 합니까?"
웃음이가 사람들이 염원하며 기도하는 모습을 떠올리며 물었다.
"기도는 자신에게 하는 것입니다. 기도하다 보면 길이 보이고, 노력하게 되는 원리입니다."
긍정이와 웃음이는 귀가 활짝 열린 기분이었다.

30. 생긴 대로 사는 게 잘 사는 거야

"잘 사는 방법을 알려주시지요."
"그걸 내가 알면 이렇게 살겠는가. 삶은 각자 독립적이어서 자신의 방법으로 살아야 하는 것이지. 그래서 끝없이 깨달으려하고, 수행하는 것 아니겠나."
"그래도 공부를 하셨으니 해 줄 말씀이 있으실 듯합니다."
"내 길은 나만의 길이라는데. 자꾸 조르는구만."
"그러면 어떻게 살아야 합니까?"
인문학을 공부하는 자리에서 제자가 선생님에게 조르듯이 말했다. 말은 다르지만 결국은 다시 한 번 물었다.
"태어난 대로, 생긴 대로 살아야 하네."
단호한 말에 다른 질문을 했다.
"불만은 어디에서 오는 것입니까?"
"남과 비교할 때 오지. 나는 나여서 아름답고, 너는 너여서 아름다운 것이거든. 나에게 충실해야 하는데 너와 비교하는 순간 나를 잃고 너가 되려 하는 것이지."
"그것도 발전이라고 할 수 있지 않나요?"
"같은 발전을 위한 것이라도 비교에는 불만이 있고, 성찰에는 순수한 각성이 있다네."

31. 모자란 것을 받아들이고 사는 것이 큰일이야

긍정이와 웃음이는 지리산에 마음이 푹 빠져 있었다. 산 너머 산이 있고, 산 안에 산이 있었다. 산으로 바다를 이룬 곳이 지리산이었다.

"안분과 자족에 대해 더 설명해 주시지요."

"안분安分은 내가 처한 상황을 편안하게 받아들이는 것이고, 자족自足은 스스로 만족해하는 마음이지."

"현재의 나를 인정하라는 말씀이시지요?"

"그렇지. 지금 그대로의 상황과 모습을 인정하고 받아들이는 마음이라네. 모자람과 어리석음마저도."

"모자람과 어리석음을 어떻게 받아들일 수 있나요?"

웃음이의 질문이었다.

"바꿀 수 없는 일로 힘들어하지 말라는 것이야. 키가 작은 것에 불만을 가지거나, 머리가 나쁜 것에 불만을 가지지 말고, 가난한 집안에 태어난 것을 원망하지 말라는 것이지. 자신이 가진 그 안에서 살라는 것이지."

긍정이와 웃음이는 고개를 끄덕였다.

32. 모자라고 어리석은 자신을 받아들이는 것이 위대한 것이야

지리산에 들어와 살고 있는 노인의 눈은 맑았다.
"욕심이 생길 때는 어떻게 통제해야 합니까?"
"마음이 시키는 대로 사시게. 아니면 몸이 원하는 대로 살게 되네. 달리 말하면 영혼이 가고자 하는 길과 육체가 가고자 하는 길은 반대일세. 이때 영혼이 가고자 하는 길을 따르지 않으면 육체의 욕망을 좇게 되네."
"영혼의 욕망이 옳은 건가요?"
"마음은 착하게 사는 것, 옳게 사는 것을 알고 있다네."
"마음이 착하게 사는 것, 옳게 사는 것을 알고 있다고요?"
반문하듯 이번에는 긍정이가 물었다.
"알고 있지. 실행을 안 할 뿐이지. 진정 큰 사람은 다른 사람보다 강하고 뛰어난 것이 아니야. 모자라고 어리석은 자신을 받아들이는 것이 위대한 것이지."

33. 인생길은 어느 한 순간도 같은 길이 없어

태백산은 넓었다. 길을 잃고 긍정이와 웃음이가 헤매다 초막을 짓고 살고 있는 젊은 남자를 만났다. 작은 텃밭에는 채소들을 키우고 있었다.

"길을 잃으셨군요."

산사나이가 긍정이와 웃음이를 만나자 한 첫 인사였다.

"네."

긍정이와 웃음이는 합창이라도 하듯 대답했다.

바가지에 샘물을 떠주며 산사나이는 말했다.

"길을 잃어버려 저와 인연을 만드셨네요. 길을 잃으면 큰 일 난 줄 알지만 또 다른 세상을 만나지요. 오히려 삶이 확장되지요."

"!"

긍정이와 웃음이가 의외의 말에 답을 못하자 눈치 챈 산사나이가 말을 이었다.

"인생길은 길을 잃어버릴 수가 없습니다. 모두가 내 길이지요."

"왜지요?"

이번에는 긍정이가 물었다.

"거미가 몸에서 거미줄을 뽑아내듯 인생길도 내 몸과 내 마음으로 뽑아 만든 길이니 어떤 길을 걸어도 내 길입니다."

"아하, 그렇네요."

이번에는 웃음이가 환하게 웃으며 말했다.

"인생길은 시간의 길입니다. 같은 길을 걸어도, 같은 사람을 만나도 다른 시간, 다른 상황과 만났으니 당연히 다른 길이고, 다른 분위기와의 만남이지요. 인생에는 어느 한 순간도 같은 길이 없습니다."

34. 좋은 인연은 좋은 만남보다 좋은 이별에 있어

긍정이와 웃음이는 길을 잃어 만난 태백산 산사나이가 해주는 저녁까지 얻어먹고 잠자리 신세까지 졌다. 산사나이는 자신의 거처를 내 주고 자신은 창고 같은 곳에 잠자리를 마련했다.
긍정이와 웃음이가 미안해하자, 다시 말했다.
"감사는 어려운 일을 당한 다른 사람을 만나 갚으시기 바랍니다."
"…!"
예사롭지 않은 말이었다.
"좋은 인연은 좋은 만남보다 좋은 이별에 있습니다. 저는 오늘 좋은 만남을 가졌으니 인생의 하루를 잘 산 것으로 족합니다. 좋은 인연이었는지는 내일 헤어지면서 느끼기로 하고, 편히 쉬세요."
다시 한 번 산사나이를 쳐다보았다. '좋은 인연은 좋은 만남보다 좋은 이별에 있습니다.' 라는 말에 마음이 머물러 있었다.
산사나이는 긍정이와 웃음이의 잠자리를 봐주고 창고에 마련한 자신의 잠자리를 찾아갔다.

35. 눈물은 신의 선물이야

"눈물의 의미는 무얼까요?"
태백산에서 길을 잃고 산사나이에게 저녁 식사와 잠자리까지 신세를 지고 헤어지면서 긍정이가 물었다.
산사나이는 웃으며 말했다.
"눈물은 선물이지요."
"눈물이 선물이라고요. 웃음만을 선물하지 않고 왜 눈물까지 선물했을까요?"
"인생길이 힘든 것을 알고 있었지요. 하지만 인생이 의미있는 길이니 가야하는 길이고요. 눈물은 신이 험난한 인생길을 가는 인간에게 준 위로의 선물입니다. 사람들이 손수건을 선물하는 마음과 비슷하겠지요."
"시끄럽게 떠들며 웃고 보낸 하루는 오히려 허전하고, 통곡으로 큰 울음 운 후에는 반대로 후련합니다. 왤까요?"
이번에는 산사나이가 답을 하면서 물었다. 긍정이와 웃음이가 답을 못하고 쩔쩔매자 산사나이가 말했다.
"폭우가 골짜기의 지저분한 것들을 거칠게 훑고 흘러가듯 크게 울 때는 아픔도, 고난도, 서러움도 함께 쓸고 가지요. 후련합니다."
"크게 울고 난 후에는요?"
"통곡 후에 고요와 처연함이 찾아옵니다. 욕망마저도 비우고 난 공터에서 비로소 보이는 세상이 있습니다. 결국 눈물로 씻어내고, 다시 시작하라는 의미지요."

06

WEEK

배는 안전한 항구에
매어두려고
만들지 않아

36. 꽃은 하늘의 별이 떨어져 지상에 피는 거야

"꽃은 하늘의 별이 떨어져 지상에 피는 거야."

야생화를 연구하는 시인의 말에 신비로움이 들어 있는 듯했다.

"꽃은 또한 눈물이 떨어져 웃음으로 피어나는 거야. 작은 씨 한 알이 겨울을 지나며 얼고 녹고 하는 땅에서 견디어 내잖아."

"정말 그래요."

"어둠도 견디고. 눈물로 견디고 피어나잖아. 그래서 꽃은 한 송이 한 송이가 기적이야."

"말씀이 아름다워요."

시인의 말에 긍정이가 감동해서 말했다.

"언어도 꿈꾸고 싶어 하거든. 시인은 언어가 꿈꾸게 하는 사람이야."

37. 지식은 어수선하고, 지혜는 맑아지는 거야

긍정이와 웃음이는 책방 한 가운데서 저자 강의를 듣고 있었다. 저자와의 질의응답 시간이었다. 수강자가 저자에게 묻고 저자가 답을 했다.

"책을 읽고, 강의를 찾아다니며 공부를 하면 길이 보일 줄 알았는데 머릿속이 더 복잡해집니다."

"당연하지요."

"당연하다고요?"

"그럼요. 지식은 어수선하고, 지혜는 맑아지는 거지요."

"?"

"호수에 돌을 한 번에 여러 개 던져 보세요. 호수면이 여러 개의 파장으로 혼란스럽지요."

"!"

"지식을 필요 이상으로 담으면 점점 지혜와는 멀어지지요."

"그럼 어떻게 하면 지혜를 얻을 수 있나요?"

"밥을 먹고 소화를 시켜야 내 것이 되지요. 밥만 많이 먹으면 살만 쪄요. 지식도 관리가 필요해요"

모여 있던 사람들이 웃었다.

"밥은 지식이고, 지혜는 건강한 신체라고 생각해 보세요."

질문자는 잠시 머뭇거리다 다시 물었다.

"지식을 소화시키는 방법은 무엇인가요?"

"지식에 대한 소화능력은 사유에서 옵니다. 사유는 적막할 때 가능하고요. 고요한 시간을 만나세요. 그리고 자신에게 물어보고 답하는 것 외에는 어떤 방법도 없습니다."

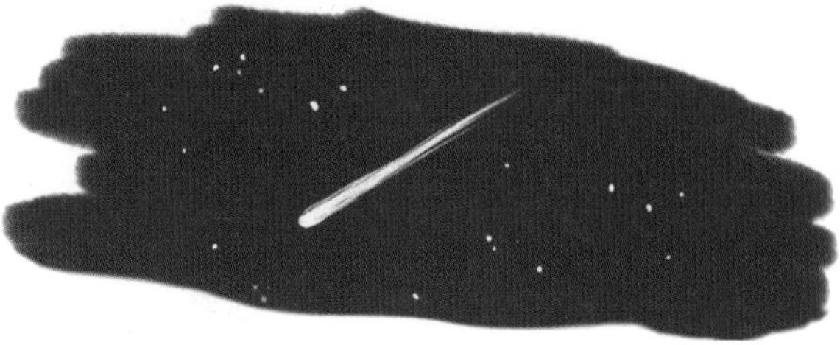

"스승이 필요하지 않습니까?"
"스승은 적막이고, 사유입니다. 자신을 바로 보아야 합니다. 한데 마음의 거울은 호수의 수면처럼 잔잔해야 자신을 비추거든요."

38. 행복은 조건으로 찾아오는 게 아니야

해미 성지에서 스님이 설문을 했다. 종교와 종교가 만나 손을 잡는 날이었다. 긍정이와 웃음이도 참가했다. 설문이 끝나고 행복에 대하여 돌아가며 말하는 시간이었다.

"시간이 아까워 잠을 줄일 정도로 열정적으로 살았습니다. 열심히 살면 행복이 잡힐 줄 알았습니다."

성실하고 모범생인 청년이 말했다.

"그래서 행복을 잡으셨습니까?"

스님이 물었다.

"돈이 더 있으면 행복할 줄 알았습니다. 돈이 행복을 만들어 줄 줄 알았습니다. 욕심이 커서인지 많이 벌었습니다."

사업을 해서 큰돈을 번 사람이 말했다.

"그래서 행복해지셨습니까?"

스님이 물었다.

머리를 흔들었다.

성당에서도 열심히 봉사활동을 하고 있는 사람이 말했다.

"많은 사람에게 봉사를 하면 행복해 질 줄 알았습니다. 얼마 동안은 행복했습니다. 찾아다니며 했습니다."

"그래서 행복해지셨습니까?"

머리를 흔들었다.

머리가 뛰어나고 분석적인 학자로 살아 온 사람이 말했다.

"저는 행복을 알기 위해 많은 책과 행복해질 수 있는 것이 무엇인가 찾아 다녔습니다."

"그래서 행복의 이유를 알아냈습니까?"

역시 머리를 흔들었다.

많은 사람들이 많은 이야기를 했다. 한결 같이 별로 행복하지 않다고 말했다. 행복의 조건을 이루었어도 행복해지지 않았다고 답했다.

이번에는 평범한 복장에 느긋해 보이는 남자에게 스님이 물었다.

"행복하십니까?"

"예."

담담하게 대답했다. 뜻밖의 대답이었다. 사람들의 시선이 집중되었다.

"행복한 이유가 있습니까?"

"없습니다."

"그럼. 행복을 찾기 위해 모인 이 자리에 왜 나오셨습니까?"

"행복한 사람을 만나 함께 행복하려고요."

남자의 뜻밖의 답에 장내가 조용해졌다.

긍정이와 웃음이도 긴장한 모습으로 스님의 다음 말을 기다렸다.

"첫째, 행복은 햇빛행복과 달빛행복이 있습니다. 햇빛행복은 지금, 여기에서, 내가 느낀 순수한 행복입니다. 반면 많은 사람들이 달처럼 행복하려 합니다. 달빛행복은 햇빛을 받아 반사시킨 것입니다. 조건으로 행복해지는 것을 말합니다."

39. 행복에 대한 조건에서 자유로우니 비로소 행복해 질 수 있어

해미 성지에서 스님이 설문시간에 계속 있었다.
스님이 사람들에게,
"지금, 이 자리에서 웃어 보세요."
라며 웃음을 주문했다.
모두 환하게 웃었다. 스님도 웃었다. 행복하다는 사람도 웃었다.
"여러 분은 조건과 상관없이 웃었습니다. 웃는 순간 조건도 걱정도 사라졌습니다. 이유 없는 웃음이고 행복입니다. 그냥 웃으면 이유 없이 행복해지듯이 행복하다고 생각하는 사람은 행복합니다."
그러자 얼굴에 근심이 가득해 보이는 사람이 벌떡 일어나더니 대들듯이 스님에게 말했다.
"행복하다는 생각이 들지가 않는데 어떻게 행복해 질 수 있습니까?"
그러자 스님이 행복하다는 사람을 지목하며 말했다.
"저 분은 알듯합니다. 이야기를 들어보겠습니다. 행복에 조건이 필요하신가요?"
긴장이 장내에 가득했다. 사람들의 시선이 좀 전에 행복하다고 한 사람에게로 쏠렸다.
행복하다는 사람이 차분하게 말했다.
"행복해질 수 있다고 생각하는 것들. 돈 권력 명예 성공 즉, 행복에 대한 조건에서 자유로우니 비로소 행복해 질 수 있었습니다."
조금 술렁거리다가 멈추었을 때 스님이 다시 물었다.
“언제부터 행복해지기 시작하셨나요?”
"행복은 순수한 생명의 에너지였습니다. 피가 따뜻하듯이 따뜻한 마음으로 삶을 받아들이니 행복해지기 시작했습니다."

40. 칡과 등나무가 서로 다른 방향으로 감고 도는 걸 갈등이라고 하지

긍정이와 웃음이가 강원도 곰배령을 걷고 있었다. 곰의 배를 닮았다고 해서 곰배령이었다. 편안하고 여유 있는 길이 이어졌다. 꽃에 빠져있는 식물학자를 만났다. 칡꽃이 한창이었다.

"덩굴식물은 언제 자라는지 알아요?"

식물학자의 질문에 긍정이와 웃음이는 서로 얼굴을 쳐다보다가 고개를 저으며 긍정이가 물었다.

"자라는 시기가 따로 있나요?"

"그렇지요. 식물은 웃자랄 때가 있습니다. 덩굴식물은 홀로 서지 못하고 다른 식물을 감고 올라가기 때문에 다른 식물이 다 자란 후에야 자라지요."

"아하. 그렇군요."

웃음이가 감탄하듯 말했다.

"덩굴식물은 다 같은 방향으로 감고 도나요?"

이번에는 웃음이가 물었다.

"식물마다 다른 방향으로 감고 돌아요."

"그래요!"

긍정이와 웃음이가 같이 말했다.

"칡은 시계 반대방향으로, 등나무는 시계방향으로 돌지요. 서로 반대방향으로 감고 돌지요. 서로 자신의 방향이 옳다고 주장하겠지요. 칡과 등나무가 서로 자신의 방향이 옳다고 주장하는 것을 칡葛과 등나무藤, 즉 갈등葛藤이라고 합니다."

긍정이와 웃음이는 새로운 이야기에 고개를 끄덕이며 말했다.

"아하. 그렇군요. 나만 옳다고 주장하면 안 되겠네요."

"그렇습니다. 둘 다 옳은 것이지요. 서로 다른 방향이 있는 것이지요."
긍정이의 말에 식물학자가 답했다.
"그럼. 두 방향 모두 마음대로 감고 올라가는 덩굴식물은 없나요?"
이번에는 웃음이가 물었다.
"드문 경우인데 있습니다. 더덕이지요. 더덕은 상황에 따라 방향을 선택하지요. 틀리다고 싸울 일이 아니라 달라서 풍요로워지는 거지요."

41. 배는 안전한 항구에 매어두려고 만들지 않아

지리산에서 독만 평생 만들어온 장인이 긍정이에게 물었다. 웃음이는 듣고만 있었다.

"사람들은 왜 일을 할까?"

"편히 쉬면서 잘 살려는 거 아닌가요?"

긍정이가 자신 없는 표정으로 되물었다.

그러자 독 짓는 노인이 얼굴이 상기 되어 다시 물었다.

"잘 사는 게 어떻게 사는 건지 생각해 봤는가?"

"잘 먹고 편히 쉬며 즐겁게 사는 것이 아닐까요?'

긍정이는 말해 놓고 실수했구나 싶었다. 다른 물음에 같은 대답을 하고 있는 자신을 발견했다.

"잘 사는 건, 쉬는 게 아니고 일 하는 거야. 하고 싶은 일!"

"왜지요?"

긍정이의 물음에 다시 독 짓는 장인이 되물었다.

"배를 왜 만들지?"

"바다로 나아가려고 만들지요."

"그렇지. 배를 안전한 항구에 메어 놓기 위해 만들지 않아. 위험한 바다로 나가려고 만들지. 사람도 하고 싶은 일을 하며 살라고 태어났거든. 생명은 기본적으로 위험할 수밖에 없는 존재야. 위험을 감수하지 않으면 죽어있는 거야. 독이 깨지더라도 사용되려고 만들어졌듯이."

"!"

독 짓는 노인이 다시 힘주어 말했다.

"사람은 쉬기 위해 일하는 게 아니라, 무언가를 하기 위해 쉬어야 하는 거야."

42. 공부는 천지인의 원리를 익히는 거야

"잘 죽을 수 있는 방법은 잘 살아야 가능한 거야. 죽음은 삶의 절정이거든."

"죽음이 삶의 절정이라고요?"

"그렇지. 살아온 날 중에서 가장 많이 깨닫는 날이 죽는 날 아니겠나."

"저도 공부를 하고 싶습니다."

긍정이는 인생에 대해 묻고 싶었다. 그리고 공부하고 싶었다.

"친구는 공부의 의미에 대해 생각해 보았는가?"

"생각은 해봤지만 깊은 뜻은 모르겠습니다."

한학에 인생을 바친 학자의 강론에 참가했다가 긍정이와 웃음이는 한학자와 차를 같이 하고 있었다.

"공부工夫는 학문이나 기술을 배우고 익히는 것이지만 단어의 의미는 심오해."

"!"

"공工과 부夫에는 다 같이 이二가 들어있는데, 이二는 하늘과 땅일세. 여기서 공工에는 하늘과 땅을 잇는 존재인 사람, 'I'가 들어있어. 부夫에도 마찬가지로 하늘과 땅에 사람人이 꿰뚫고 있는 모습이지."

"!"

"두 글자 모두 원리를 깨달아 하늘과 땅과 사람이 분리된 것이 아니라 함께 하고 있는 것을 표현하고 있다네."

"정말 그렇네요."

"공工과 부夫 모두 천지인의 원리를 담은 글이야. 공부는 하늘과 땅 그리고 사람을 담은 글이고, 다시 말해 하늘과 땅의 원리 그리고 사람을 이해하는 것이 공工이고, 이해한 사람을 '부夫'라고 하는 것일세.

대장부, 농부, 어부라고 할 때 '부夫' 말이야."
"아하, 그렇군요."
"다시 말해 공부는 천지인, 즉 하늘 땅 사람이 어우러져 살아가는 원리를 깨닫는 것이 공부라네."

07

WEEK

사랑도
가지고 있어야
줄 수 있는 거야

43. 살아있는 이유를 실현하는 것은 일이야

"왜 일하는가?"

"사원에 있는 사람들을 위해서지요."

평소에 사원에서 일하는 것을 불만스럽게 생각하던 수사에게 원장이 묻자 답했다.

"그 말도 맞지만 더 가까운 정답은 그대 자신을 위해서라네."

"저를 위해서라고요?"

"일을 해야 비로소 살아있는 거라네. 아무 일도 하지 않으면 아무 일도 일어나지 않는다네. 목숨만 부지한 식물인간이 되는 걸세."

"사람들을 만나면 일하는 것이 편하게 보내기 위해서라고 하고, 저는 쉬는 시간이 즐거운데요."

"그건 일을 왜 하는가에 대한 목적이 없어서라네. 노동은 고통이 아니라 축복이라네."

"진정으로 노동이 축복이라는 말씀이신가요?"

"당연하지. 나의 노동으로 사원은 깨끗해지고, 나의 노동으로 다른 수사들이 편안해지지. 내가 존재한 곳에 유익을 주지 못하면 세상이 나를 부정하기 시작하지. 여행자에겐 여행이 일이고, 만화가에겐 만화를 그리는 일일세. 정치인에게는 정치가 일이지. 일할 수 있는 시간만큼이 축복이라네. 살아있는 이유를 실현할 수 있는 유일한 것이 일일세."

스웨덴의 사원에서 며칠 묵고 있던 긍정이와 웃음이가 산책을 하다 두 사람의 대화를 우연히 듣게 되었다. 긍정이와 웃음이의 얼굴에 웃음이 환하게 번졌다.

44. 정치는 날씨를 다스리는 일과 같아

광화문 광장에는 정치를 논하기 위해서 옹기종기 모여 앉아 있는 사람들이 있었다. 교수인 듯한 중년신사와 젊은 사람들이었다. 긍정이와 웃음이도 일원이 되어 듣고 있었다.

"요즘 세상이 시끄러운데 정치에 대해 한 말씀해 주시지요."

광화문 광장은 촛불시위로 모였고, 광화문 광장은 태극기 부대로 모였었다.

"세상은 안 시끄러운 적이 없었지. 하지만 전쟁 속에서도 꽃은 피고, 평화 속에서도 꽃은 지는 거야."

야심이 있어 보이는 젊은 청년의 질문에 품위있어 보이는 중년의 신사가 대답했다.

"그래도 정치는 필요한 것 아닌가요?"

"당연히 필요하지. 세상을 끌고 가는 힘도 정치에 있고, 세상을 변화시킬 수 있는 힘도 정치에 있지."

"진정으로 중요한 거네요."

"하지만 정치는 힘들지. 정치는 날씨를 다스리는 일과 같은 거라네."

"날씨요?"

"그렇네. 여론이란 것이 사람 마음을 모아놓은 건데 어찌 예측하겠나. 그리고 여론은 다른 생각들을 모아 놓은 것이지. 거기에 날카로운 지혜나 선각적인 생각만 있는 게 아니라는데 문제가 있지. 여론은 옳은 생각이 아니라 옳다고 생각하는 사람이 많이 모인 것이라는 점일세. 그래서 정치는 날씨를 다스리는 것과 같은 거야."

45. 정치는 물이 흐르고자 하는 곳으로 물꼬를 내주는 것이야

광화문 광장의 열기는 계속 되었다.

"정치는 세상을 변화시킬 수 있는 최고의 도구라고 말씀하셨는데 설명 부탁합니다."

젊은 학생이 교수에게 질문했다.

"정치는 물과 같다고 하지 않았나?"

"예. 말씀하셨습니다."

"정치는 물이 흐르고자 하는 곳으로 물꼬를 내주는 것일세."

"국민이 가고자 하는 길을 읽어서 길을 내주는 것이군요?"

"그렇지."

"진정한 정치의 역할은 무엇인가요?"

"민심에 끌려가는 정치가 아니라 반 발짝 앞서서 물꼬를 만들어주는 것이지. 올바른 길로 민심을 이끌어가는 거라네. 진정한 정치가는 지금은 당장 욕을 먹지만 나중에 칭송 듣는 것이지. 또한 시끄럽지 않게 세상을 이끌어가면서 세상을 이롭게 하는 거라네."

46. 물이 나무를 기를 때 소리가 없어

"물의 위대한 점은 무엇이라고 생각하십니까?"

"물의 위대함은 여러 가지가 있지만 가장 위대한 점은 자신의 몸을 그대로 유지하면서 생명을 기른다는 점이지."

젊은 교수가 단호하게 끊어서 말했다.

"물이 나무를 기를 때 소리 없는 것처럼."

긍정이와 웃음이는 정치에는 관심이 없었지만 듣고 나니 무언가 마음이 후련했다.

47. 사랑도 가지고 있어야 줄 수 있는 거야

태백산의 밤은 깊어갔다. 태백산에 거처를 마련해서 살고 있는 자유인의 이야기는 마음을 당기는 힘이 있었다.

"사랑도 순서가 있어요."

"사랑도 순서가 있다고요?"

웃음이가 눈을 반짝이며 물었다.

"그렇지."

"어떤 순서요?"

"가까운 것부터 사랑해야 해."

"가장 가까운 것이 뭐지요?"

"나 자신이지. 나는 세상의 출발이자 마지막이지. 근원이야."

"맞아요. 내가 중심!"

자유인의 말에 웃음이가 어린아이처럼 즐거워했다.

"나를 사랑하지 못하면서 다른 것을 사랑한다는 건 거짓이야."

"아하! 나부터 사랑해야 사랑도 가능하구나."

웃음이가 환하게 웃으며 혼잣말처럼 말했다.

"그렇지. 가까운데 있는 것을 사랑하지 못하면 먼 데 것을 사랑할 수 없지."

"나부터 채우지 않고 남에게 먼저 사랑을 줄 수는 없나요?"

"사랑도 가지고 있어야 줄 수 있는 거야."

48. 행복도 버릇이야

태백산에서 혼자 사는 자유인과 어울려 행복에 대한 이야기를 나누었다. 한데 세상 불만이 많은 젊은 사람이 세상 불평을 했다.
불만이 많은 사람이 이야기를 주도했던 사람에게 따지듯이 말했다.
"당신께선 행복하세요?"
"그럼요."
"뭐가 행복하시지요?"
"나와 함께 하는 것들에 감사하니 행복하지요. 부족한 것은 즐기고요."
"부족한 것을 즐긴다고요. 화가 나지 않고요?"
"그럼요. 어리석은 나로 인한 실수를 즐기고, 모자란 나로 인해 깨우치는 재미를 즐기고, 흔들리는 나로 해서 바로 서는 법을 배우는 재미로 살지요."
"행복하다고 자기 최면을 하는 것 아닌가요?"
더욱 따지듯이 물었다.
"어떻게 알았어요. 행복은 자기최면이지요. 행복도 버릇이 되지요."
"어떻게 해서 그렇지요?"
이번에는 조금은 누그러진 듯 물었다.
"함께 하는 것들에 감사하면 행복해집니다. 산에 살면 산에 감사하고, 밤하늘의 별에 감사하고, 달에 감사하고, 해에게도 감사하지요. 나무와, 풀과, 꽃에 감사하고요. 이렇게 태백산 골짜기까지 찾아온 손님은 더욱 감사하고요."

49. 시인은 꿈꾸는 권리를 허락받은 사람이야

한국은 에너지의 나라였다. 역동적이고 힘이 넘치고 변화를 두려워하지 않는 나라였다. 여행을 하다 그리워지는 고향이 있는 내 나라가 최고였다. 긍정이와 웃음이는 서울을 활보하다 시인을 만났다.

"시인은 어떤 존재지요?"

"꿈꾸는 권리를 허락받은 사람이지."

"나무에게도 꿈꾸게 할 수 있나요?"

"그럼. 시인은 나무에게 신을 신길 수 있고, 꿈을 꾸게 할 수도 있지. 사람에게도 구름신발을 신길 수도 있어. 사람들은 시인이 꿈꾸는 일에 박수를 쳐주지."

"왜일까요?"

"대신 꿈을 꿔주니 시를 읽는 동안 하늘을 날아오를 수도 있고, 물 위를 걸을 수도 있잖아."

08

WEEK

자신에게 긍정을
선물해봐

50. 시인은 아파하면서 천국을 준비하는 존재야

"시인은 무엇을 가져야 될 수 있나요?"
"시인은 차가운 이성과 뜨거운 감성으로 무장하고는 상상력이란 구름을 타고 놀지. 또한 가난하지만 꿈꾸어서 자유로운 존재가 시인이야."
"이성과 감성은 반대 개념이 아닌가요?"
긍정이의 질문이 날카로웠다.
시인은 웃으며 대답했다.
"그렇지. 시인은 눈물의 강과 웃음의 강이 만나는 포용의 삼각주에 꽃을 피우는 존재거든. 정작 자신은 아프면서 천국을 준비하는 존재이기도 하지."

51. 자신에게 긍정을 선물해 봐

"긍정아. 자신에게 줄 수 있는 제일 큰 선물이 무언지 아니?"
함백산 자락 아담한 찻집에서 웃음이가 뜬금없이 긍정이에게 물었다.
"글쎄."
긍정이는 고개를 갸우뚱했다.
"자신에게 긍정을 선물하는 거야. 세상이 순간 따뜻해지잖아."
"오호, 인생 최고의 선물은 자신에게 긍정을 선물하는 것, 최고다!"
긍정이가 엄지손가락을 척 내밀었다.

52. 사랑과 우정 중에 어느 것이 깊을까

"우정과 사랑 중에 어느 것이 깊을까요?"
동물학자가 생뚱맞게 물었다. 동물이야기를 재밌게 하다가 갑작스럽게 질문을 했다.
“사랑이요.”
“우정이요.”
갑작스런 질문에 사람들의 반응이 둘로 나뉘었다.
동물학자가 자신의 질문에 답을 했다.
"친구는 마음을 나누고, 애인은 몸도 나누지요."
대답도 생뚱맞다고 생각했다. 사람들의 표정이 말하고 있었다.
"무슨 뜻이지요?"
"친구는 마음으로만 대화를 나누지만 애인은 몸으로도 대화를 나누는 사이지요."

53. 식물에게서 가장 아름다운 곳이 어디야?

이번에는 식물학자와 이야기를 하면서 시간 가는 줄 몰랐다. 식물학자가 다시 말했다.

"식물에서 가장 아름다운 부분이 어딘지 알아요?"

"글쎄요."

갑작스런 질문에 대답을 못하고 머뭇거리자 식물학자가 말했다.

"생식기입니다."

"정말요? 사람은 부끄럽다고 숨기는데…"

별생각 없이 웃음이가 말했다.

"꽃이 생식기지요. 식물에겐 생식기를 드러내는 날은 축제의 날입니다. 꽃 피우는 날이지요."

"아하, 그렇구나."

"이유가 뭘까요?"

"자신을 닮은 존재를 만드는 위대한 창조기관이니까요."

54. 꽃이 핀 자리가 열매 맺을 자리야

긍정이와 웃음이는 구례의 산수유 마을을 걸었다. 시인과 동행하고 있었다. 야생화를 연구하는 시인이었다.
"꽃을 피우는 장소를 보면 놀랍습니다. 꽃은 절벽에 피웁니다. 꽃이 피는 가지는 허공입니다. 허공에 핀 꽃이 질 때는 추락하는 곳입니다. 절박해야 목적을 이룰 수 있기 때문입니다."
"아하, 그렇네요."
"절박하면서도 잠깐 피었다 집니다."
"왜까요?"
"꽃이 진 자리에 열매가 맺기 때문이지요. 꽃은 환하게 불 밝혔다가 열매를 위해 자리를 양보하는 거지요. 꽃이 핀 자리가 열매 맺을 자리거든요."
"아하."
긍정이와 웃음이는 고개를 끄덕였다.
"아름다움으로 찬사를 받을 때 꽃은 집니다. 박수 받을 때 떠나는 위대한 양보지요."

55. 인생은 바람의 한 복판을 걷는 거야

긍정이와 웃음이는 야생화를 연구하는 시인과 이번에는 광양의 매화꽃이 만발한 매실마을 걸었다. 광양을 섬진강을 따라 이어지는 매화농원이 아름다운 곳이었다.

"꽃은 바람을 두려워하지 않아."

"왜지요?"

"꽃은 바람의 힘으로 피거든. 향기도 바람으로 날려 보내고. 사람도 바람 속에서 사는 거지. 바람을 피하려고 하지만 피할 수 없는 것이 바람이야."

"피할 수 없다고요?"

"사람 앞에 바람 불고, 사람 뒤에 바람 불지. 사람은 결국 바람의 한 복판을 걷는 거야."

"그런가요?"

"그럼. 산다는 건 바람의 중심을 걷는 거지."

긍정이와 웃음이가 고개를 끄덕였다.

56. 꽃은 바람을 두려워하지 않아

"바람을 기다리는 것이 나무겠지요?"
웃음이가 야생화를 연구하는 시인에게 질문을 했다.
"그럼. 나무에게는 바람이 생명을 이어주는 존재지."
"생명을 이어준다고요?"
"그렇지. 봄꽃은 곤충이 아직 나오지 않은 때라 바람의 힘으로 수정을 하거든."
"오호."
웃음이가 추임새를 넣듯 말했다.
"꽃이 바람을 두려워하면 생명유지가 안 되듯 사람에게도 고난은 극복하라고 찾아오지요."
"바람이 힘이 되는 셈이군요."
"그렇지요. 풍차가 바람의 힘으로 돌듯 바람은 고난이기도 하지만 힘이기도 합니다."

09

WEEK

갈살
지친 나를
살게 할 힘이야

57. 세상에서 가장 큰 힘은 반복하는 힘이야

궁정이와 웃음이는 우리나라 고추장 생산지인 순창을 여행하고 있었다.
한국인 노인을 우연히 만났다. 많은 이야기를 나누었다. 들판에 꽃이 핀 걸 보며 노인이 말했다.
"세상에서 가장 큰 힘은 무엇일까?"
"사랑이요."
"그것도 옳아."
"역도선수요."
"그것도 옳고. 사랑도 힘이고, 바벨을 들어 올리는 역도선수도 큰 힘이지. 하지만 더 큰 힘은 반복하는 힘이야."
예기치 않은 답에 긍정이와 웃음이의 눈이 환해졌다.
"날마다 해가 떠올라 오늘이 오고, 끊이지 않고 흐르는 물이 있어 강이 있지. 작년에 핀 꽃이 다시 피니 봄이 찬란한 거야. 가장 큰 힘은 반복하는 힘이지."
"우와. 정말 그렇네요."
"그렇지. 사소함을 반복하는 것, 그것이 인생을 만드는 거야. 습관이 사소하지만 인생을 만드는 힘인 이유지. 좋은 습관 하나가 성공을 만들지, 인생을 만들고."

58. 엄마의 온도는 몇 도일까

긍정이와 웃음이는 여행이 길어지자 향수병이 생겼다.

"엄마가 보고 싶다."

"나도 엄마가 보고 싶다."

긍정이의 말에 웃음이도 따라서 엄마가 보고 싶다고 했다.

긍정이와 웃음이는 주막에서 감주와 빈대떡을 먹고 있었다. 태백산 검룡소 근처의 너와집에서였다.

"엄마의 온도는 몇 도일까?"

긍정이가 뜬금없이 엄마의 온도를 궁금해 하자 웃음이가 할머니를 떠올리며 말했다.

"우리 할머니가 말씀하셨어. 엄마의 온도는 온혈溫血, 즉 따뜻한 온도래. 뜨겁지도 차지도 않은 사랑의 온도지."

"정말 그렇다!"

"그리고 엄마가 따뜻해서 따뜻한 아기를 낳는 거래."

59. 나는 나일 때 아름답다

궁정이와 웃음이는 공연을 보고 있었다. 공연장에서는 벌써 공연이 절정을 향하고 있었다. '시인과 나'라는 공연이었다.
시인은 노래했다.

"나는 나일 때
아름답다.

너보다
아름다운 것이
아니다

나는 나여서
아름답다"

짧지만 거슬림이 없는 '나'라는 시였다. 아름다움은 저마다의 개성으로 빛날 때 아름다운 것이었다.
다시 시인은 말했다.
"시인은 스스로 길이 되기 위해 길을 잃습니다. 스스로 길이 되기 위해서입니다. 다시 말해 다른 사람들이 걸어간 길을 가지 않기 위해서입니다."
여행 중인 궁정이와 웃음이의 마음을 흔드는 대사였다.

60. 새는 날기 위해 창자의 길이를 줄였지

"새가 날기 위해 선택한 것이 있지."

"새는 날도록 태초에 만들어진 것 아닌가요?"

웃음이가 말하자 조류전문가가 설명해 주었다.

"무거운 몸으로 날 수가 없지. 새는 날기 위해 창자의 길이를 줄였어. 그리고 뼈 속을 비웠어. 그래서 새는 평생 설사를 하며 살지."

"와, 그렇군요. 날기 위해 큰 불편을 감수했군요."

"그렇지. 진정 큰일을 하려면 어느 한 부분을 버려야 해."

61. 살아있는 의미를 만드는 건 일이야

긍정이와 웃음이는 여주에서 가마를 운영하는 도공을 만났다. 여주는 도자기축제가 열리고 도자기박물관도 있었다.

긍정이가 물었다.

"삶을 삶답게 만드는 것이 무엇일까요?"

"일이지요."

도공이 거침없이 답했다

"이유는요?"

"무의미한 삶을 의미있게 만들지요. 하지만 세상에 대해 유익을 만드는 생산자가 아닌 소비자로 살 경우 사람의 몸은 똥을 만드는 기계에 불과하지요."

표현이 거칠었지만 신념을 담아 이야기하고 있음을 느낄 수 있었다.

"지나친 표현이 아닐까요?"

"산 생명을 먹고 죽은 똥만을 만든다면 존재의 가치가 있을까요. 살아있을 때 최소한의 사회적 역할은 필요하지요. 공동체의 구성원으로서 사회적 역할을 하는 것이 일입니다."

62. 감사는 지친 나를 살게 하는 힘이야

긍정이와 웃음이는 정선에서 초가집이라는 식당으로 들어섰다. 식당 벽에 눈이 갔다. 벽에 붓으로 쓴 글이 붙어 있었다.

*

사는 게 힘들지요.
하지만 걸을 수만 있게 해달라고
기도하는 사람이 있습니다.

사는 게 힘들지요.
하지만 지금 숨이라도
편히 쉴 수 있게 해 달라고
기도하는 사람이 있습니다.

사는 게 힘들지요.
하지만 지금 이 순간
살아 있게만 해달라고
기도하는 사람이 있습니다.

물론 힘들고 감당하기 어렵지만
나는 너무 많이 가졌습니다.
감사해야 하는 이유입니다.
감사는 지친 나를 살게 하는 힘입니다.

63. 가장 아름다운 사랑은 못 다한 사랑이야

"시인은 뭐로 살지요?"

"꿈으로. 꿈은 세상을 춤추게 하는 능력이 있어."

"가장 멋진 꿈은 뭘까요?"

"사랑이지."

"사랑 중에 가장 빛나는 사랑은 뭘까요?"

"못 다한 사랑!"

시인은 주저없이 말했다.

"못 다한 사랑이요?"

웃음이가 인정하기 어렵다며 반문했다.

"흥분할 필요없어. 사람마다 다르겠지. 내게는 그렇다는 거야. 다한 사랑은 꽃으로 피었다 지고, 못 다한 사랑은 하늘에 별로 떠오르지."

하늘을 바라보며 잠시 말을 끊었다가 이었다.

"못 다한 사랑은 어둠보다 더 깊은 어둠이 찾아와도 빛나는 별이야. 못 다한 사랑은 꺼지지 않아. 못 다한 아쉬움은 더 크고, 더 빛나게 만드는 신비가 있거든."

10

WEEK

끝에는
도전한 자만이
다다를 수 있어

64. 모든 사랑은 첫사랑이야

시인과의 이야기가 깊어갔다.
이번에는 긍정이가 물었다.
"모든 사랑은 아름답지요?"
"그렇지."
"사람들은 사랑으로 아프면서 왜 다시 사랑하게 될까요?"
"모든 사랑은 첫사랑이기 때문이지."
"모든 사랑이 어떻게 첫사랑이 될 수 있지요?"
"한 나무에서도 봉오리마다 발화 시기가 다르게 꽃이 피지. 두세 번째 꽃이 아니라 봉오리마다 첫 꽃으로 핀 거야. 사람도 일생 동안 새로운 사람을 만나게 되지. 새로운 사람과 새로운 사랑을 하게 되지. 그래서 모든 사랑은 첫사랑인 거야."

65. 인생길은 익숙해지지 않아서 살만한 거야

"얼마나 더 걸으면 길에 익숙해질까요?"

"인생길은 익숙해지지 않아."

"왜지요?"

긍정이와 웃음이는 끝없이 이어지는 황톳길을 걷고 있었다. 맘껏 걷고 싶었다.

"특히 인생길이 익숙해지지 않는 건 몸이란 옷을 입고 살아서 그래. 몸은 남의 옷을 빌려 입은 것처럼 어색하지."

"몸을 빌려 입었다고요?"

"그렇지. 우리는 영혼의 존재로 몸을 빌려 입은 지구여행자야. 영혼은 몸의 욕망과 싸우기 때문에 늘 불편하고 욕망과 대결하며 살아 벅차기만 하지."

"?"

"마음, 즉 영혼의 욕망과 육체의 욕망이 부딪치는 게 삶이지. 그게 내부갈등이야. 몸이 없으면 식욕食慾도 육욕肉慾도 없겠지."

"영혼의 욕망은 어떤 욕망인가요?"

"육체의 욕망이 수면욕 성욕 같이 생존을 위한 것이라면 영혼의 욕망은 사랑이나 배려 같이 함께 하고 나누려는 욕망이지. 하지만 인생은 서로 다른 욕망이 싸우는 걸 조정하고, 다스리고 또한 즐기러 온 거야. 또한 그게 인생공부지."

66. 나무는 자신에게 긍정의 나이테를 선물하지요

"물 한 방울이 호수에 떨어지면 동그란 파문을 만들어. 점점 넓어지며 사라져 가지. 지상에 물 한 방울 제공하고 사라져. 어떤 흔적도 남기지 않고 사라져 가지."

"그야말로 침묵의 헌신이군요."

"그렇지. 그리곤 지상의 생명들을 키우지. 마음 안에 큰 긍정을 가지지 않으면 있을 수 없는 일이야."

"아름다워요."

웃음이의 얼굴에 웃음이 가득 했다.

긍정이와 웃음이는 버려진 개들을 데려다 기르며 사는 유기견보호소를 운영하는 사람과 이야기를 나누고 있었다. 빗물이 지붕 끝으로 떨어지는 모습을 바라보고 있었다.

"나무도 그래."

"나무도요?"

웃음이가 다시 물었다.

"나무는 베풀기만 하지. 산소와 초록을 제공하고 열매를 맺어 지상의 생명들을 살리거든."

"와아, 그렇네요."

"한 해를 살고나면 동그란 테를 자신에게 선물해. 나이테라고 하지. 올 한 해도 잘 살았다고 스스로 대견해하는 긍정의 동그라미야. 긍정을 자신에게 선물하는 거야."

67. 삶을 응원하는 심장의 북소리가 들리니

"인생의 짐을 벗어 버리면 마지막에 남는 것이 무엇이지?"

"…?"

긍정이와 웃음이는 대답하지 못했다.

답을 못 하자 노인이 말했다.

"사는 것만 남지. 인생의 짐들을 다 내려놔도 그대로 인생이 남지."

"다 벗어버리고 나도 마지막에 남는 것이 인생이란 무게네요?"

"그렇지. 결국 무겁고도 가벼운 것이 인생무게야. 그래서 힘든 세상을 살아가면서 주저앉지 말라고 우리 몸에는 삶을 응원하는 기관이 있지."

"뭔데요?"

웃음이의 눈이 순간 커졌다.

"쿵쿵, 심장박동이 지금도 울리고 있잖아. 인생을 깨우는 응원의 북소리야."

68. 가슴의 무게는 얼마일까

최규상 유머작가를 만나러갔다. 두물머리에 살았다. 부부는 닭살부부였다. 최규상 유머작가가 아내에게 물었다.
"여보, 내 가슴의 무게는 몇 근인지 알아?"
"두근두근해서, 네 근. 어떤 날은 '두근반, 두근반' 해서, 다섯 근."
"오늘은 아니야. 당신만 보면 '두근 반 세 근반' 해서 여섯 근이었다가 오늘은 열 근이야."
아내의 얼굴에 웃음이 가득했다.
"어떻게?"
"다른 때와는 다른 답이 궁금해서였다.
"당신을 보니, 따끈따끈(닷근+닷근)해서지!"
"고마워, 당신."
"심장이 나를 위해 쉬지 않고 열심히 뛰어주듯이 사랑하는 당신을 보면 나는 언제나 흥분되지."
닭살부부다운 대화였다.
긍정이와 웃음이도 손을 얹고 심장의 뛰는 걸 느껴봤다. 감사한 마음이 울컥 치밀어 올랐다.
"심장 뛰는 걸 보면 내 안에, 사는 에너지가 넘치는 걸 깨닫지. 사랑도 웃음도 넘치게 살아야 돼."
배웅하며 한 최규상 유머 작가의 인사말에 힘이 전해졌다. 닭살부부가 행복해 보였다.

69. 꿈에는 도전한 자만이 다다를 수 있어

"식물에게 뿌리는 근원이고 생명의 원천이지."

"식물과 동물의 차이는 뭐지요?"

"정착과 이동의 차이겠지. 뿌리를 버리고 다리를 얻은 세계가 이동할 수 있는 동물세계고."

"동물은 안정적인 뿌리를 버리고 이동을 선택한 거군요."

"그렇지. 나무도 날고 싶었던 흔적이 있지."

"정말요?"

"그럼. 단풍나무 씨앗은 새의 날개를 그대로 닮았어. 날아보고 싶었던 거야. 자세히 봐."

광릉수목원에 있는 나무박사가 단풍나무 씨앗을 보여주었다. 정말로 새의 날개를 쏙 빼 닮았다. 긍정이와 웃음이는 신기한 듯 바라보았다.

"나무는 왜 새가 될 수 없었을까요?"

"답은 간단해. 뿌리를 포기할 수 없었기 때문이지. 안정은 도전을 두려워하거든."

"도전이 필요한 거네요."

"그렇지. 마찬가지로 사람 안에는 위대한 세상이 있어. 꿈이야. 꿈에는 도전한 자만이 다다를 수 있어."

70. 같은 나무에서도 꽃피는 시기가 달라

"같은 나무에서도 봉오리마다 꽃 피는 시기가 달라. 인생의 꽃도 저마다 피는 시기가 다르지."

함백산에서 과수원을 운영하는 사람이 수박을 자르며 말했다.

"성공에 매달리지 마. 그냥 형편대로 살아. 높은 산에 올라가는 것과 낮은 산을 즐기는 것은 취향일 뿐이야. 인생은 성공이 아니라 선택의 문제야."

다른 친구가 비관하는 친구에게 말했다.

"인생은 즐기고, 누리라고 있는 거야. 친구, 성공 못한 것에 매달리지 마시게."

또 다른 친구가 말했다.

"산에 먼저 오르면 먼저 내려 와야 하고, 높이 오를수록 내려와야 하는 길도 길어. 목표에만 관심이 있는 사람은 깨달음이 없어."

과수원 주인이 마무리했다.

"산을 오르면서 쉬어가며 즐긴 사람이 늦게 오르지만 잘 산 거야. 낮은 산을 오른 사람은 높은 산을 오른 사람과는 다른 즐거움이 있지."

모두가 일가를 이룬 사람 같았다. 회갑을 넘긴 사람들다웠다.

11

WEEK

세상을
설득하는 것보다
나 자신을 설득하기
더 힘들어

71. 당연한 건 없어. 감사할 일이야

"세상이 내게 주는 것 중에 당연한 것은 없어."
과수원 집 주인이 긍정이를 바라보며 말했다.
"사과도 한 해를 견뎌내서는 꽃을 피우고, 태풍과 가뭄을 건너서야 열매 맺은 거야."
"그렇네요. 같이 살고 있는 생명들에게 감사해야지."
과수원에서 사과를 따며 주인과 이야기를 나누고 있었다.
"인생이란 것이 가끔은 죄 없이 태어나서 벌 받고 사는 것 같을 때도 있지."
"정말 그래요. 여행도 힘들지만 외롭고 벅찰 때가 있어요. 괜히 눈물 나고요."
잘 웃는 웃음이마저 힘든 것을 인정했다.
"세상날씨와 인생날씨는 닮았어. 흐렸다 맑고, 맑았다 흐리고 하잖아. 날씨로 힘들어할 일 아니야."
여름의 끝자락이 시원해지는 느낌이었다.

72. 기도하는 장소보다 기도하는 마음이 중요해

긍정이와 웃음이가 권희석 목사를 만났다.
성가를 여러 곡 작곡한 분이었다. 권희석 목사는 시력이 현저하게 안 좋아 가까이 다가가야 알아봤다.
"반가워요."
권희석 목사가 반갑게 맞아주었다.
"무교회를 주장하신다고요?"
"그렇지. 황야의 예수님은 교회를 짓지 않았어. 모든 곳이 하나님의 장소이기 때문이지. 기도하는 장소보다 기도하는 마음이 중요해."
"무헌금도 주장하신다고요?"
"그럼. 헌금은 특히 십일조는 없어져야 하고 부득이 받는다면 가난하고 낮은 자리에 있는 사람들을 위해서 쓰여야 하는 거야."
낮은 목소리로 말했다.
"기도는 어떻게 해야 하나요?"
"신에 대한 찬양도 필요하지만 힘없는 사람을 위한 기도가 더 필요해. 하나님과 예수가 이루고자 한 세상은 약한 자들이 없는 세상이었지. 하나님을 찬양하는 교회가 아니었어. 하나님은 충족된 분이라 찬양을 받지 않아도 되는 분이시거든."
작은 체구의 권희석 목사가 커보였다.

73. 세상을 설득하는 것보다 나 자신을 설득하기 더 힘들어

"지금의 내 모습은 지금까지 살아온 결과야. 지금처럼 살면 지금보다 나아질 수 없어."
"그러면 어떻게 해야 하나요?"
"더 나은 삶을 원하면 오늘부터 사는 방식을 바꾸어야 해."
"바꾸기가 쉽지 않은데 좋은 방법 없나요?"
"바꾸는 것을 막는 사람은 딱 한 사람이지."
"저 자신이라고 말씀하시려는 거지요?"
긍정이가 눈치를 채고 앞질러 말하자 노인이 말했다.
"그렇지. 최초의 반대자는 언제나 자기 자신이지. 설득이 가장 어려운 것이 자신이기도 해. 10명의 반대자를 설득하는 것보다 나 한 사람을 설득하는 게 더 어렵지."
진천 용덕리 느티나무 그늘에서 마을 촌노와 마을사람들이 함께 어울려 긍정이와 웃음이가 이야기를 나누고 있었다. 느티나무 아래서 고구마와 감자를 먹는 즐거움도 있었다.

74. 새는 둥지에서 죽지 않아

"새는 둥지에서 죽지 않아."
"예?"
웃음이가 우산 없이 가는 사람에게 우산을 씌워주었다. 같이 들판을 걸으며 친구처럼 동행하게 되었다. 우산 없이 걷던 사람이 말했다.
"새는 둥지에서 죽지 않고 야생으로 죽어."
"어떻게요?"
호기심이 웃음이의 얼굴에 가득했다.
"비가 와도 비를 피하지 않아. 바람은 즐기고."
"그래요?"
"비오는 날 봐. 나무에서, 전깃줄에서 그대로 맞고 있지. 자연의 거친 것들을 피하지 않아."
"한데 사람은 아니네요."
"그렇지. 창고를 가지고 있는 동물이 개미와 벌 그리고 다람쥐 정도지만 인간은 창고와 냉장고까지 가지고 있지. 끝없이 욕망의 창고를 채우려 하지."
"왜 우산 없이 걸으셨어요?"
우산 없이 걷던 사람의 이야기와 우산 없이 걷는 것이 연관성이 있을 것 같아 이번에는 긍정이가 물었다.
우산 없이 걷던 사람이 조용하게 답했다.
"동시대를 사는 존재로서 동물이나 식물과 같이 젖어보려고. 작은 동참이야."
"그럼. 우산 없이 사시나요?"
"그렇지."

75. 여자는 약하지만 엄마는 강해

"여자는 신비한 존재야."

"뭐가요?"

"여자는 엄마가 될 수 있어서지."

"맞아요. 자식에게 엄마는 신화지요."

긍정이와 웃음이도 꿈꾸듯이 엄마를 생각했다. 시인과의 대화가 즐거웠다. 시인은 일반적인 이야기보다 예상하지 못한 이야기를 들려주곤 했다. 긍정이와 웃음이가 흥미로워 하는 이유였다.

시인이 말했다.

"여자는 엄마가 될 수 있으니 그것만으로도 인생을 최고로 산 거야."

"맞아, 맞아요. 그런데 여자는 약하지만 엄마가 강한 이유는 뭘까요?"

"그건 여자가 엄마가 되는 순간 천사가 되기 때문이야."

"예? 천사가 되는 것과 강해지는 것은 관계가 없는 듯한데요."

"아니야. 천사는 지면 안 되는 존재거든."

"?"

"아이를 지키려면 세상에 져서는 안 되기 때문에 강해져야 하는 거지."

76. 사랑은 인간으로 태어난 이유를 깨닫게 하는 놀라운 힘을 가지고 있지

사랑을 해야 하느냐, 하지 말아야 하느냐, 라는 주제로 이야기가 무르익어갔다.

좌장 역할은 철학 교수였고 학생들이 캠퍼스에서 빙 둘러앉았다. 학생들이 질문하고 교수가 답변하는 형식이었다.

"사랑을 하면 같은 크기의 그리움으로 쩔쩔매게 돼."

"사랑하지 않으면 안 될까요?"

"사람으로서 가장 중요한 것을 빼 놓고 사는 게 되지."

"사랑을 하면 힘들고' 사랑하지 않으면 중요한 것을 빼놓는 것과 같다고 하면 꼭 사랑을 선택해야 하나요?"

"너무나 당연하게 사랑을 선택해야 해."

"이유는요?"

"사람들은 산을 내려 올 것을 알고 산을 오르지. 하지만 산을 올랐다 내려 온 사람과 아예 산을 올라보지 않은 사람과는 산을 이해하는 눈이 완전히 다르지."

"그래도 너무 아프잖아요."

"사랑은 의무야. 산 자의 의무지. 너무나 숭고한 것이기 때문에 인간의 의무야. 또한 권리이기도 해."

"죽을 만큼 힘이든 데도 꼭 해야 하나요?"

사랑의 실패로 자살까지 생각했던 학생의 질문이었다.

"세상에는 웃음으로 만날 수 있는 것과 울음으로 만날 수 있는 것이 있어. 사랑은 둘 다를 합친 것보다 더 큰 것을 만나게 하지."

"정말요?"

"당연하지. 사랑은 웃음보다 기쁘고, 눈물보다 아프게 하지만 인간으로 태어난 이유를 깨닫게 하는 놀라운 힘을 가지고 있지."

77. 쓰임이 힘이야

"사람은 한 얼굴로 웃기도 하고, 울기도 하지요."

"그렇네요."

"한입으로 칭찬을 하기도 하고 비난하기도 합니다."

"그 또한 그렇네요."

"세상을 살아가면서 하나로 전혀 다른 쓰임을 갖는 것들이 있습니다. 계단으로 올라가기도 하지만 내려오기도 합니다. 사용하기에 따라 다르지요. 대표적인 것이 무엇일까요?"

"글쎄요?"

"길을 걸어가다 발에 걸리게 한 돌은 걸림돌이지만 가져다 대청마루 앞에 옮겨 놓으면 디딤돌이 되지요. 자신을 넘어지게 한 걸림돌에 화내지 않고 옮겨다 놓으면 디딤돌이 되는 거지요."

"아하, 좋은 생각이네요."

웃음이가 박수를 치며 기발한 생각에 찬사를 보냈다.

"사람도 마찬가지입니다. 나를 걸림돌 같은 사람으로 만들 것이냐, 세상이 필요로 하는 디딤돌로 만들 것이냐는 선택이지요. 걸림돌을 디딤돌로 만드는 것은 사람의 일 중에 큰일입니다."

12

WEEK

사랑을
배운 날은 사람으로
완성되는 날이야

78. 인생은 살아 내는 게 아름다운 거야

"인생은 결과가 중요한 게 아니야."
"그러면 무엇이 중요하지요?"
"인생은 무엇을 이루었냐가 중요한 것이 아니라 어떻게 살았냐가 중요해."
"!"
"도전은 내 의지고, 결과는 평가거든."
"?"
궁정이가 가만 생각해보니 도전은 내가 결정한 것을 실행하는 일이지만 결과에 대한 평가는 주위사람들에 의해서 결정되는 것이었다.
"인생은 사는 게 빛나는 일이야. 무엇을 얻으라고, 성취하라고 태어난 것이 아니라 살고, 경험해 보는 것이 아름다운 일이야."
"그래도 도전을 했으면 성공해야하지 않나요?"
웃음이도 한 마디 했다.
"누구를 위하여 기도를 했다면 기도하는 마음 자체가 빛나는 일이야. 이루어지고 안 이루어지고는 내 능력 밖의 일이거든. 노력은 내 일이고 결과는 내 일이 아닌 것과 같아. 그래서 선인들이 사람으로서 할 일을 다 하고 하늘의 뜻을 기다리라고 한 것이지."

79. 사랑을 배운 날은 사람으로 완성 되는 날이야

"태어나 처음으로 남에게 무언가를 주고 싶은 사람을 만나게 되는데 그것이 첫사랑이지."

"오호, 그런가요."

"사랑은 주고받는 것이 아니라 주고 또 주고 싶은 마음이야."

"첫사랑은 사춘기 때 많이 찾아온다고 하던데요?"

"그래서 사춘기思春期는 '봄생각, 즉 인생의 봄을 생각하는 때'라는 뜻을 가지고 있지."

"아하, 그렇네요."

"사랑은 봄 같은 것이거든."

"!"

"가만 생각해 봐. 봄은 다 새롭지. 새순, 새꽃, 새빛으로 세상이 뒤집어지지. 모든 것이 새롭고, 출발을 하는 때지. 사랑은 최초의 인간애거든."

"최초의 인간애요?"

"그렇지. 사랑을 깨우치면서 최초로 나 이외의 사람을 나만큼 좋아하게 되는 순간을 말해."

"아하, 그렇군요."

"그래서 사랑은 세상으로 열려있는 비밀스런 창문을 처음으로 여는 것과 같은 거야. 사랑을 배운 날이 사람으로서 완성되는 날이지."

80. 핀 채로 지는 꽃, 능소화를 보았니

야생화를 재배하는 기의호 '들꽃풍경' 원장의 이야기는 의미있었다. 꽃에 대한 책을 세 권이나 낸 야생화 전문가였다. 〈야생화 식물도감 365〉를 출간했다.

"능소화는 핀 채로 져. 피어있는 모습 그대로 낙화하지. 산 채로 죽는 당당함이 있어."

"사람도 그럴 수 있을까요?"

"그런 사람이 있지. 배우는 무대여서 죽고, 여행자는 길에서 죽고, 장수는 전장에서 죽을 수 있어야 진정한 인생의 승자가 될 수 있어."

81. 사람마다 다른 하늘을 가지고 살지

여행을 하면서 느낀 것은 사람마다 특유의 개성을 가지고 있었다.
"사람은 저마다 다른 하늘을 가지고 살아. 그래서 사람마다 신비로운 존재지."
이번에는 도인 풍의 사람과 이야기를 나누게 되었다.
"어느 생명도 그냥 태어난 것은 없어. 어떤 바람도 그냥 찾아왔다 가는 바람은 없지."
"이유가 있겠지요?"
"그렇지. 태어난 이유가 있는 존재에게 죽음을 선물한 건 삶을 소중하게 사용하라는 경고야. 그리고 피신처이기도 하지."
죽음이 피신처라는 말은 전혀 예상하지 못한 말이었다.
"피신처라고요?"
언뜻 이해되지 않는 말이었다.
"놀라는군. 당연하지. 예를 들면 너무 힘들고 견딜 수 없는 고통을 만났을 때 어떻게 해야겠어?"
다시 긍정이와 웃음이에게 물음을 던졌다. 긍정이와 웃음이는 답을 못했다.
"다리가 절단되어 황야에 던져졌다면 고통과 통증을 어떻게 하겠어. 계속 살아있다면 고통이 계속 되겠지?"
다시 질문을 던졌다.
"예."
"삶이 도저히 버틸 수 없을 때가 오기도 해. 아파서 견딜 수 없는데 통증을 끊을 수 없는 상황이 오기도 하거든. 이럴 때는 죽음이 안전처가 될 수 있지. 물론 극히 예외적인 상황일 때지."
죽음이 삶의 피난처라는 말이 머릿속에 남아 한동안 멍했다.

82. 사람은 독립적으로 아름다운 존재야

긍정이와 웃음이는 도인 풍의 사람과 이야기를 계속 했다. 혁명적인 생각을 가진 사람이었다. 어느 생명도 이유 없이 태어난 것은 없다는 이야기로 이어졌다.

"모든 존재의 무게는 같아."

"그래도 신분이 있고, 부도 크고 작음이 있는 이유는 어떻게 설명해야 하지요?"

"다른 역할을 맡은 것이지."

"왕과 신하가 다르고, 사장과 사원이 다르지 않나요?"

"신분이나 지위는 업무의 분담일 뿐이야. 역할의 선택이라고 할 수 있어."

"모두 높은 곳으로 올라가려고 하잖아요?"

"그렇지. 분명한 것은 신분이나 직위는 높낮이가 아니야. 개미의 세계를 봐. 여왕개미 수캐미 병정개미 일개미 역할이 있지. 벌의 세계도 마찬가지야. 사회를 이루고 있어 부득이하게 필요한 역할분담이지."

"..."

"역할을 신분과 지위로 착각하고 개인적인 권리행사를 하는 사람들로 인해 폭동이나 혁명이 일어나곤 하지. 갑질은 인간이해가 부족한 사람에 의해 생기는 거야."

"그러면 사회가 발전단계 중에 있다는 말씀인가요?"

"그렇지. 세상은 발전하지. 사회는 살아있는 생명체와 같거든. 옳은 길을 찾아가는 것이 개인과 공동체의 길이야."

"아하, 그렇네요."

"그렇지. 모든 인간은 그래서 독립적으로 아름다운 거야. 다른 아름다움으로 태어난 존재들이거든."

83. 두려움은 어디서 오나요?

"두려움은 어디서 오나요?"

"두려움은 지키려는 데서 오지."

"그러면 자유로움은 어디서 오나요?"

"반대로 지키려는 것이 적을 때 자유로움이 찾아와."

"오늘 한 수 또 배웠어요. 고맙습니다."

긍정이와 웃음이는 오늘도 배움에는 끝이 없다는 말을 실감했다. 누구를 만나도 배울 게 있었다. 여행자의 말에는 들판을 불어가는 바람처럼 막힘이 없었다.

여행자가 한 마디 더 했다.

"같은 말을 들어도 준비되어 있는 사람만 깨닫는 거 알지."

84. 사랑은 무슨 색일까

색채전문가가 사랑의 색을 주제로 이야기했다.

"사랑은 무슨 색일까요?"

색채전문가의 물음에 미학을 공부한 시인이 대답했다.

"사랑의 색깔은, 아무 것도 받아들이지 않은 흰색도 아니고, 모든 것을 받아들인 검정도 아니고, 뜨겁게 타올라 태울 것 같은 빨강도 아닙니다. 생명을 품은 초록도 아닙니다."

시인의 말은 한 편의 시 같았다.

“그러면 무슨 색이지요?”

시인은 간격을 두었다가 다시 말했다.

"사랑의 색은 빛 하나만을 받아들인 투명함입니다."

“이유를 물어도 될까요?”

긍정이는 묻는 것이 어리석은 줄 알았지만 시인의 말을 듣고 싶었다.

“가장 순수한 우주의 마음이니까.”

13

WEEK

스승을
안에서
찾아라

85. 고난 뒤에 단맛이 진정한 단맛이야

"사과 맛이 들었어요."
웃음이가 환하게 웃으며 빨갛게 익어가는 사과를 바라보며 말했다.
과수원 주인이 잘 익은 사과를 골라 긍정이와 웃음이에게 따주었다.
"봄부터 가을까지 견뎌온 것들은 단맛이 들지. 태풍도 견디고, 가뭄도 견디고, 태양의 뜨거움도 견뎌서 단맛이 든 거야."
"그렇네요. 견딘 것들만 단맛을 지니는군요. 단맛 안에는 태풍, 가뭄, 태양의 뜨거움이 들어 있는 것이고요!"
"그렇지. 사람도 풍파를 겪고 나면 단맛이 들지."
"너무 멋지네요. 스스로 단맛을 만들어내는 것이네요."
"그렇지. 사람에게 단맛은 배려, 사랑, 나눔 같은 것들이야. 삶에 긍정을 들여야 단맛이 들지."

86. 먼저 빛나라, 먼저 사랑을 가지라

친구가 없다고 불평하는 젊은이에게 나이 지긋한 노인이 말했다.
"꽃이 핀 자리만큼 세상은 향기로워지고, 꽃이 진 자리만큼 세상은 풍요로워지지. 꽃은 세상에서 자신이 꽃피운 자리만큼, 꼭 그만큼 세상을 아름답고 향기롭게 하지."
"꽃이 핀 것과 친구가 없는 것과 무슨 상관이 있다고 꽃 이야기를 하십니까."
친구가 없다는 이야기를 하다가 꽃 이야기를 하자 잔뜩 불만을 가지고 퉁명스럽게 말했다.
노인은 크게 웃고는 뜸을 들였다 말했다.
"자신을 빛나게 하는 꽃을 피웠으니 아름다움을 찾아 주위에서 찾아오겠지. 꽃이 꿀을 품고 있으니 꿀이 필요한 벌과 나비가 찾아오지 않겠나. 친구를 가지려면 내가 먼저 빛나고, 내가 먼저 베풀어야 하는 거야."
긍정이와 웃음이는 옆에서 웃고만 있었다.

87. 인생은 빛나는 여행이야

경상남도 거제시에 위치한 지심도로 배를 타고 들어갔다. 지심도는 동백꽃이 아름다운 섬이었다. 섬을 여행하고 있던 식물학자를 만났다.

"세상은 아름다운 데 왜 힘들까요?"

"신비롭고 아름다운 곳이라서 힘든 걸 감수해야지."

웃음이의 말에 식물학자가 대답했다.

"그렇군요. 삶은 신비롭기까지 하잖아요."

“가만 살펴보면 지구라는 별은 기막힌 공간이야.”

“정말 그래요. 여행을 다닐수록 신비로워요. 감사하고요.”

"가장 신기한 건 생명현상이야. 내 안에 있는 생명은 설명하기 힘들 만큼 감동적이거든. 가장 누려야 할 것도 생명현상이야."

손바닥이 만나 악수를 만들어내듯 잘 맞았다. 멋진 말이었다.

88. 삶을 살아가는 여행, 즉 인생이 가장 아름다운 여행이야

지심도를 여행하고 있는 식물학자가 말했다.

“지심도 아름답지?”

“예, 아름다워요.”

"지심도도 아름답지만 지구란 별은 또 얼마나 아름다워. 둥근 별 표면에 물이 찰랑거리는 것도 기적 같고, 나무와 풀이 만들어낸 숲에는 동물들이 살잖아. 생명체 하나하나가 스스로 빛나는 곳이야. 살아있는 것도 기적 같아."

"그래, 지상에서 가장 아름다운 여행은 인생이야."

“저도 인정해요.”

"너도 그렇구나. 나도 그래. 많은 여행이 있지만 삶을 살아가는 여행, 즉 인생이 가장 아름다운 여행이야."

식물학자가 환하게 웃으며 말했다.

89. 모든 '그때'는 '그때'만이 가진 빛나는 이유가 있지

"어렸을 때는 어른이 되고 싶어 나이를 늘려서 이야기하던 때가 있지."
"맞아, 맞아요."
"젊어서는 갈 길이 결정되지 않아 방황하고."
"그것도 그래요."
"결혼하고 나서는 아이들이 커서 독립하기를 바라지."
"그것도 맞아요."
긍정이와 웃음이의 추임새가 분위기를 띄우고 있었다.
함안의 시골마을 오래된 팽나무 밑에서 마을 할머니와 마을청년들이 나누는 대화는 흐뭇했다.
"하지만 벗어나고 싶은 때가 빛나는 때야. 어른이 되고 싶을 때가 있었지만 그 때가 황금기였지."
"맞아요."
할머니의 말에 다른 할머니가 대답했다.
"젊은 청춘기에는 세상에 대한 불만으로 좌충우돌 했지. 그 때가 좋은 때야."
"정말 그렇네요."
"결혼해서는 아이들이 성장해서 독립하기를 바랐지만 내가 만든 둥지를 가꾸었던 그 때가 아름다운 때였지."
"예. 그렇군요."
"살아보면 알게 돼. 벗어나고 싶었던 때가 아름다운 때야. 오늘도 지나고 나면 빛나는 날이었음을 깨닫게 되겠지. 생각해 봐. 오늘을 빛나게 할 수 있는 유일한 사람은 나야."
"아하, 그렇네요."
"모든 '그때'는 '그때'만이 가진 빛나는 이유가 있지."

90. 스승을 안에서 찾아라

깨달음을 위해 스승을 찾아다니는 사람을 만났다. 긍정이와 웃음이는 길을 동행하다 한 곳에서 정좌하고 있는 도인을 만났다.
스승을 찾아다니는 사람과 정좌하고 한 자리를 고집한 도인의 만남이었다.
"스승을 밖에서 찾으면 영원히 방황하게 됩니다."
"그러면 스승은 어디에서 찾습니까?"
스승을 찾아다니는 도인에게 정좌하고 앉은 도인이 말했다.
"스승은 내 안에서 찾아야 비로소 참다운 스승을 만나게 됩니다."
"내 안에 있는 완성되지 않은 나를 어떻게 스승으로 삼을 수 있습니까?"
스승을 찾아다니는 사람의 반론이었다.
"진정한 스승은 모자라고, 어리석고, 완성되지 않은 나를 객관으로 바라보는 일입니다."
"그것이 가능합니까?"
"가능합니다. 완성되지 않은 나를 바라보면 사람 본연의 모습이 보이고, 세상의 원리가 보입니다. 완성되지 않은 내가 완성되지 않은 나를 바라보는 것이 최고의 공부입니다."
결론을 이야기하듯 정좌하고 있는 도인이 조용하면서도 느리게 이어 말했다.
"스승을 밖에서 찾으면 방황하고, 스승을 안에서 찾을 때 깨달음이 옵니다."

91. 사랑은 답 없는 몽환이야

시인을 만나면 상상력으로 비눗방울처럼 언어에서 무지개가 뜬다. 상상력의 잔치 같다. 언어의 낭만동화 같다. 사랑에 대한 대화가 무르익자 한 시인이 사랑을 노래했다.

"장미는 뜨거운 심장을
회오리바람으로 말아 올려
중심에 꽃을 피운
사랑의 성전이다

생명현상 중 가장 목마른 기적, 사랑
비를 맞고 있지만 목마르다
바람의 몸을 입고 있어
너는 내 안에 있지만 그립다

사랑에 도도한 장미는 가시를 기른다
휘몰아치는 회오리의 중심에
한 사람만을
들이겠다는 은장도다"

〈장미〉라는 시였다. 장미를 가만히 들여다보면 회오리바람처럼 안으로 감아 돌고 있다. 중심을 향하여 빨려 들어가는 치명적인 사랑의 늪 같다. 그러면서도 장미는 날카로운 가시를 가지고 있다. 한 사람을 가슴에 담고 나서는 다른 것은 받아들이지 않겠다는 은장도 같다.

14

WEEK

하늘 맑은 날보다
마음 맑은 날이
좋아

92. 누명을 뒤집어 쓸 수 있다면 큰 사람이야

"사건이 지난 후에야 알게 되는 것이 있지요."
"뭐지요?"
"상대가 나보다 더 아팠고, 상대가 나를 위해 손해보고, 상대가 나를 위해 자신이 곤경에 빠졌다는 것을 알았을 때 상대가 존경스럽고, 상대가 사랑스럽고, 상대에게 다가가고 싶어집니다. 나는 작아지고 상대는 커 보이지요."
"결국 손해 본 사람이 승리하는 것이군요. 한 사람의 마음을 얻게 되니까요."
"그렇습니다. 손해가 손해가 아니고, 이익이 이익이 아닌 원리지요."
"손해를 보는 마음이 사랑이겠군요."
"예. 큰 사람은 크게 손해를 보지요. 대신 누명을 뒤집어 쓸 수 있다면 큰 사람이지요."
긍정이와 웃음이는 이야기를 듣는 것만으로도 마음이 훈훈했다.
평일도의 밤은 깊어가고 있었고, 여행자들은 밤이 깊어가는 줄도 모르고 있었다.

93. 고민 많은 사람은 마음 밖을 못 봐

"아름다움은 준비된 사람만이 볼 수 있어."

"그런가요?"

함안의 할머니와의 이야기는 가을바람 같았다. 상쾌했고, 의미있었다. 할머니의 말에 웃음이가 되물었다.

"길가에 꽃이 피어 있어도 생각이 많은 사람은 못 보지. 마음이 한가로워야 세상과도 이야기할 수 있는 거야."

"아하, 그렇네요."

긍정이와 웃음이의 얼굴이 환해지며 말했다.

"걱정을 하면 시선이 마음 안으로만 향하지. 그래서 밖을 못 봐. 몸이 바쁘다고 마음까지 바쁜 건 아니야. 뛰어가면서도 마음이 한가로울 수 있어."

94. 하늘 맑은 날보다 마음 맑은 날이 좋아

서광신 대관령 기상대장을 만났다. 가을바람이 맑고 투명했다.
"세상에는 비가 내려도 마음 안이 뽀송뽀송 하면 돼."
세상이 힘들게 해도 마음 안에 평화를 들이면 된다며 한 말이었다.
"와아, 기상대장님은 시인이세요."
"그냥 생각나는 대로 이야기한 거야. 나는 시를 몰라."
"그러니 더 멋있어요."
"살아보니 하늘 맑은 날보다 마음 맑은 날이 좋아."
가을하늘이 맑았다. 서광신 기상대장 마음처럼.

95. 꽃에는 우주의 시간표가 들어있어

공부는 끝이 없지만 공부의 대상도 끝이 없다. 만나는 사람이, 만나는 세상이 스승이었다. 오늘은 평생 농사일에 매달려 온 촌부를 만났다. 철학자 같았다.

"들과 산에 피는 어느 꽃이 예사롭겠는가. 꽃 한 송이가 피면 그 꽃이 핀 계절이 왔음을 알 수 있지."

"맞아요. 국화가 피면 가을이 깊었음을 알 수 있어요."

"그렇지. 국화 한 송이가 천하의 가을을 이끌고 오지. 또한 국화 한 송이가 지면서 천하의 가을을 보내고. 꽃에는 우주운행의 시간표가 들어있지."

"우주운행의 시간표, 그래요. 참 세상은 신비해요."

"사사로이 피는 듯한 들녘의 꽃 한 송이가 세상 이치를 몸으로 실천하고 있는 것이지. 그래서 생명은 기적 같은 거야. 그 기적을 행하고 있는 것이 우리의 인생이기도 하고."

촌로도 스승이었고, 꽃 한 송이 피는 것도 스승이었다.

96. 사랑은 내가 살아 존재하는 것이 빛나는 일임을 깨닫게 하는 절정의 사건이야

"사랑은 받는 것보다 하는 것이 진정한 사랑의 감정을 느끼지요."
"그렇군요."
"사랑을 먼저 받고 싶어 하지만 사랑은 해야 사랑의 감정이 온전합니다. 사랑을 받을 때는 고맙지만 사랑을 할 때는 행복합니다. 또한 서로 사랑하면 꿈꿀 수 있지요."
사랑은 설명이 가능하지만 체험해 보지 못했다면 설명이 무의미하다며 사랑을 연구하는 심리학자가 사랑을 이야기했다. 사랑학 강좌 시간이었다.
"사랑의 의미는 무엇이지요?"
"사랑은 평범하게 보이던 세상을 아름답게 만드는 힘이 있습니다. 또한 사랑은 내가 살아 존재하는 것이 빛나는 일임을 깨닫게 하는 절정의 사건입니다."

97. 나만을 생각하는 나뿐인 사람이 나쁜 사람이야

"좋은 사람과 나쁜 사람을 옛날에는 어떻게 나누었는지 아는가?"
"모르겠습니다."
옛날이라고 제한을 둔 말에 말문이 막혔다.
"나만을 생각하는 '나뿐인 사람을 나쁜 사람'이라고 하네."
"오호!"
"나를 잊고 너를 더 중요하게 생각하는 너뿐인 사람을 성인이라고 하지."
"나뿐인 사람과 너뿐인 사람의 경계는 무엇이지요?"
"이기利己와 이타利他의 고갯마루지. 사람은 늘 고갯마루에서 방황하지. 나만을 사랑하는 '나뿐'도 문제고, 너만을 생각하는 '너뿐'도 문제지. 나와 너를 함께 사랑해야 하는 거야.

98. 자유로우려면 외로워야 해

작은 키에 조근조근하게 말하는 황안나 할머니의 어디에서 그런 힘이 나올까. 65세에 처음으로 땅끝마을에서 강원도 고성까지 걸었다. 이듬해에 우리나라 해안선 4300km를 혼자 걸었다. 118일이 걸렸다. 이후 스페인의 산티아고Santiago, 부탄Bhuta, 히말라야 서쪽의 라다크Ladakh 등을 걸었다. 지금도 걷고 꿈꾼다.

"자유롭고 싶어요?"

"자유로우려면 외로워야 돼."

황안나 할머니의 말에 가을하늘이 흔들렸다. '자유로우려면 외로워야 돼'라는 말에 흔들렸다. 황안나 할머니의 이야기를 들으며 삶 자체가 최고의 빛나는 작품임을 느꼈다. 걷는 것은 인생의 또 다른 풍경이었다.

"왜 걷지요?"

"그리움이 불러내서야. 그리운 것들을 다 만날 수 있거든. 길을 걸어봐. 지칠 것 같지. 그렇지 않아. 길이 끝날 것 같으면 다른 길이 불러. 다시 힘이 솟지."

"정말요?"

"그럼."

"걸으면서 무슨 생각하세요?"

"걸으면 알게 돼. 걸으면 사색이 흘러. 길이 흘러가듯 생각도 같이 흐르지. 무슨 생각을 하는 게 아니라 무슨 생각을 하게 돼."

15

WEEK

행복
안경을 써봐

99. 남들이 포기할 나이에 나는 하고 싶은 것을 처음 시작했어

황안나 할머니는 소박하고 꾸밈이 없는 분이셨다. 긍정이와 웃음이는 그래서 친근하게 느껴졌다.

"내 인생의 봄날은 65세에 시작됐어. 남들이 인생을 정리하고, 포기할 때에 봄이 시작되었지. 65세 때에는 몰랐어. 꾸준하게 한 가지만 하는 즐거움으로 걸었지. 걸으니 길이 열리고, 새로운 길이 보였어."

"신기하네요."

"신기하지, 인생은 온통 신비해. 길이 끝나는 곳에 다시 길이 시작되지. 걸어보면 알게 돼. 길이 끝나는 곳에 길이 다시 생기는 원리를."

"꿈을 이루셨네요."

"그렇지. 나는 꿈을 이루었지. 특별한 것은 꿈을 이룬 순간 또 다른 꿈을 꾸지. 그래서 한 계단 또 올라서는 거야."

"정말 그렇네요."

"지치게 않게 하는 힘은 새로운 세상을 만나는 거야. 길은 그리움이고, 자유거든. 길이 나를 자꾸 불러 내."

100. 나는 내가 무엇을 좋아하는지를 알고 싶어요

"인생의 목표를 어디로 잡아야 할 지 모르겠어요."
"조사결과 확실한 게 있습니다. 연봉, 즉 돈을 선택한 사람과 자신이 원하는 일을 찾아간 사람을 20년간 추적 조사했습니다. 누가 성공했을까요. 돈과 일의 대결입니다."
사회학을 공부하는 젊은 학자였다. 고등학생들의 진로에 대하여 고민하는 자리였다. 젊은 사회학자의 질문에 어떤 결과가 나왔을까, 긍정이와 웃음이도 눈이 반짝거렸다.
"결과는 예상을 웃돌았습니다. 무려 100:1이었지요.
예. 결과는 일의 승리입니다. 자신이 원해서, 즉 좋아하는 일을 찾아간 사람 중 100명이 성공했고, 세상이 원하는 연봉이 많은 곳을 선택한 사람 중에 성공한 사람은 1명이었습니다. 무려 100:1이었습니다."
모두 결과에 놀라워했다. 대부분 비율이 비슷할 거라는 생각이었다.
"내가 좋아하는 일을 어떻게 알 수 있지요?"
"무슨 일을 할 때 마음이 뜨거워지는 일입니다."
"마음이 뜨거워지는 일이요?"
"예. 사랑을 할 때 알게 되잖아요. 그냥 좋아지는 사람이 있습니다. 일도 같습니다. 그냥 좋아지는 일이 있지요. 질리지 않고."

101. 세상은 보고 싶은 마음대로 보이는 곳이야

"살아보면 알게 돼. 빛나는 세상이지."
"뭐가요?"
"옳다는 것에 미친 듯 달려들었지. 그리고 옳다는 것을 위해 투쟁했지."
시위현장에서 평생을 산 노인의 이야기였다.
"이제 90살을 넘어보니 아니었어. 옳고 그른 것보다 사람이 먼저였어. 목적을 위해, 다수를 위해 일부를 희생시켜야 한다는 생각이 틀렸지. 사람을 죽일 수 있는 어떤 사상도 철학도 존재하지 않는 걸 이제야 알게 됐지."
노인의 말에는 회한이 있었다.
"계기가 있으셨나요?"
"있었지. 적의에 차서 다른 생각을 가진 사람을 구렁텅이로 몰아넣었지. 정의를 실천한다는 이름으로. 한데 그 친구가 정말로 성자였어. 가난한 사람을 위해서, 힘없는 자를 위해서 헌신한 사람인 걸 우연한 기회에 알게 되었지. 그 친구는 소리 한 번 지르지 않고 죽어간 거였어. 진정한 승자였지."
"왜 반론을 하지 않았을까요?"
"신념이란 이름으로 적의에 찬 나 같은 사람을 측은하게 바라본 거였어. 대들지 않고 그냥 순교자처럼 받아들이고 갔지."
"…"
"나는 한 쪽만을 보고 살았어. 예를 들면 신념이 있어야 한다고 생각했지. 하지만 신념 때문에 전쟁이 생기고, 살인을 하게 되거든. 신념보다 중요한 게 사람, 사람 그대로의 본성이었지."

노인의 시선은 멀어져 갔다.

"옳은 게 옳은 것만은 아니란 걸 그때는 몰랐지. 평화는 양쪽을 다 이해해야 오는 거였어. 세상은 내가 보고 싶은 대로 보이는 신비로움을 그때는 몰랐지."

102. 행복안경을 써 봐

"세상은 답을 가지고 존재하지 않아. 그냥 존재할 뿐이야. 그래서 세상은 태초에 침묵을 가졌지."

구루마를 끌고 언덕을 오르는 할아버지를 뒤에서 밀어주는데 다른 한 노인이 가세했다. 힘을 보태니 쉽게 오르막길을 올라왔다. 웃음이가 세상 불공평하다며 가난이 존재하는 것을 안쓰러워하자 노인이 불쑥 받은 말이었다. 세상은 답을 가지고 존재하지 않는다는 묵중한 말이었다. 그래서 존재는 침묵을 가지고 있다는 것이었다. 예사롭지 않은 노인이었다.

"그러면 세상에 대한 정의는 누가 내리지요?"

"각자 내리는 거야. 그래서 세상은 내가 본 마음으로 해석되는 거야. 우울의 안경을 쓴 사람은 세상이 다 우울해보여. 불만의 안경을 쓴 사람은 세상이 다 불만스럽지."

"아하, 그렇군요. 내 마음이 시킨 대로 세상은 맑았다 흐렸다 하는 이유가 여기에 있었군요. 저는 행복안경 쓸 거예요."

“세상에서 가장 현명한 판단을 한 거야.”

노인의 말에 모두 환하게 웃었다. 갑자기 웃음 천국이 되었다.

103. 천국에 가도 마음이 불만이면 지옥이야

구루마를 함께 민 노인과 공원 의자에 앉아 이야기를 나누었다. 웃음이가 좋은 이야기를 해달라고 졸랐다.

노인이 천천히 이야기를 시작했다.

"어떤 사람이 죽어 잘못되어서 천국에 갔지. 천국에서 보니 생각한 것보다 신통치가 않았어. 그래서 따졌지. '천국이 왜 이 모양이냐'고. 천국에 있는 사람들이 쳐다봤지. 별 이상한 사람도 다 있다는 눈빛으로."

“왜요?”

“모든 게 다 있고, 모든 걸 해결해주는데 불만을 토로하니 그렇지.”

"그러면 그 사람은 왜 불만이었을까요?"

웃음이가 물었다.

"불만이 많은 사람은 천국을 보내줘도 불만이지. 내 마음 안에 천국이 없으면 어딜 가도 천국은 없지."

104. 마음이 그리운 건 마음이야

"정말 중요한 건 '무엇을 먹느냐"보다 '누구와 먹느냐'야."

"정말 그 말 이해 해. 나도 '어디를 여행하느냐'보다 '누구와 여행을 하느냐'야."

장군멍군이었다. 긍정이와 웃음이는 서로를 바라보며 웃었다.

"너와 함께 하는 건 행운이야."

"나도 그래."

긍정이의 말에 웃음이가 맞장구를 쳤다. 다시 장군멍군이었다. 칭찬 이어달리기 같았다.

"이유가 뭘까?"

"글쎄. 쉬워야 진리라고 했잖아. 생각해 보자."

"이거 아닐까."

"뭐?"

"음식이나 여행과는 이야기를 나눌 수 없지만 사람과는 이야기를 나눌 수 있잖아."

"그래, 맞아. 음식과 여행과는 마음을 나눌 수 없지만 사람은 마음을 나눌 수 있잖아. 그래서 맛있는 음식 앞에서 사랑하는 사람이 떠오르고, 황홀한 풍경 앞에서 그리운 사람이 떠오르는 거야."

"그래, 그래. 알았다. 마음이 그리운 것은 마음이었던 거야."

긍정이와 웃음이의 장군멍군 대화가 계속 되었다.

105. 달려 봐. 아무리 달려도 아침이 먼저 와 있어

"꼬마야. 네가 아무리 뛰어도 달이 먼저 와 있어"
마을꼬마와 이야기하며 동화에 나오는 달이야기를 꼬마에게 해주었다. 꼬마는 인정하지 않고 자신이 달을 못 쫒아오게 할 수 있다며 달렸다. 그리고 하늘을 올려다보았다.
"어, 진짜네."
달이 바로 위에 있는 걸 보고 실망했다. 그리고는 다시 한 번 달렸다. 그리고 다시 올려다 보았다. 역시 달이 먼저 와 있었다. 실망한 목소리로 말했다.
"왜 그러지. 힘껏 달렸는데."
"사람들은 자연을 이길 수 없어. 나는 할머니한테 배웠단다. '웃음아. 네가 아무리 뛰어도 아침이 먼저 와 있다. 왜냐하면 아침이 부지런해서야.' 라고. 하셨어."
꼬마는 이해할 수 없다는 표정으로 웃음이를 바라보았다.
"나는 누구와 싸워도 이길 수 있는 힘을 가질 거야."
달을 못 잡은 아쉬움으로 아주 당당하게 말했다.
"그렇구나. 하지만 '해달별과는 싸우는 게 아니야. 너무 멀리 있잖아. 그래서 싸워 이길 수가 없어.' 그래서 받아들여야 되는 거야."
웃음이가 할머니에게 들은 이야기를 다시 들려주었다.
"받아들이는 게 뭔데?"
"햇빛 달빛 별빛을 그냥 즐기면 되는 거야."
"그냥 즐긴다고?"
"그렇지. 해가 뜨면 햇빛을, 달이 뜨면 달빛을, 별이 뜨면 별빛을 있는 그대로 누려야 하는 거지."

16
WEEK

행복을 아는 사람은
어려움이 와도
다시 행복을 찾아내

106. 감사한 일은 바위에 적어야 해

"감사한 일은 바위에 적어야 해. 감사한 일을 잊지 않게."
"와아, 좋아요."
"서운함은 물 위에 적어 흘려보내야 해. 원망이 쌓이면 병이 되거든."
"말씀으로 시를 쓰시네요. 너무 멋지세요."
"아니야. 나는 그냥 살아오면서 느낀 걸 말하는 거야. 같은 해를 70번을 반복해서 살다보니 알게 된 사실인 걸."
통영의 동피랑 마을 밑에 평생을 산 어부의 말이었다. 한 마디 한 마디가 시였다.

"산은 소리 없이 높고, 바다는 말없이 깊지. 큰 것들은 자랑하지 않아. 그래서 빛나지."
"맞아요. 언제가 행복하세요?"
"살아있는 게 빛나는 거야. 행복이고. 힘들지만 힘든 걸 견디어 내는 내가 고맙고, 대견하고."

BU

107. 행복을 아는 사람은 어려움이 와도 다시 행복을 찾아 내

"아무나 행복해지는 게 아냐."
"누구나 행복할 수 있는 것 아닌가요."
긍정이가 반문하듯 말했다.
"행복하려면 조건이 있어."
행복하려면 조건이 있다는 말에 긍정이와 웃음이의 눈이 반짝거렸다. 어둠 속에서 더욱 별 같았다. 행복에는 이유가 없다는 말을 들은 적이 있어서였다.
"행복을 알아야 해. 빛을 보지 못한 동물은 눈이 퇴화돼. 형체도 색도 못 봐. 빛을 알 수가 없어. 마찬 가지로 행복해보지 않은 사람은 행복을 몰라. 행복이 얼마나 빛나는 기쁨인지를 모르지. 그래서 어둠 속에서 웅크리고 있는 거야."
"어둠이 곧 불행을 말씀하시는 거지요?"
"그래. 어둠이 불행이지. 예를 들면 사고로 다리를 절단된 사람을 조사해보면 사고 전의 마음으로 다시 돌아가는 걸 알 수 있어. 긍정적인 사람은 사고 후에도 다시 긍정적으로 변하지. 마찬가지로 부정적인 사람은 부정적인 성격으로 돌아가고."
"명랑한 사람은 명랑해지고, 우울한 사람은 다시 우울해진다는 거지요?"
"그렇지. 빛을 한 번이라도 쬔 사람은 어둠을 박차고 결국은 빛을 찾아내지. 어둠을 털어버리고 뚜벅뚜벅 걸어 나올 수 있는 힘이 있어야 해. 그 힘은 빛의 경험에서 와. 행복의 경험은 중요한 거야."

108. 어둠에서 벗어나야 친구가 생겨

긍정이와 웃음이가 시인을 만났다. 젊고 밝은 시인이었다. 시인은 언제나 느끼지만 상상력으로 사는 사람들이었다. 시인이 먼저 말했다.

"빛으로 나가야 그림자가 따라 와."

"무슨 의미지요?"

"어둠에서 벗어나야 친구가 생겨."

"어둠은 친구를 못 만드나요?"

"그렇지. 어둠이 어둠을 만나면 다시 어둠이어서 친구가 없어."

"빛의 친구는 그림자네요. 외출하면 따라 오고."

"그래. 그림자는 가는 대로 따라오고, 하는 대로 따라 해. 나를 가장 잘 표현하는 친구야."

"그림자가 시인님을 사랑하나 봐요."

긍정이와 웃음이가 크게 웃자 시인도 밝게 웃었다.

"신이 내려준 친구가 그림자야. 그래서 누구에게나 따라다니지. 그림자는 빛이 있는 곳만 따라다녀. 그림자는 어둠으로 보이지만 밝음의 전도사야."

"맞아요."

"그림자는 빛을 그려내는 진정한 친구야."

109. 발자국은 길을 잃지 않고 따라와

시인과의 대화는 늘 사람을 즐겁게 했다. 시인과 이야기하면 날아다닐 수도 있고, 신화의 주인공이 될 수도 있었다.
"까치발로 걸어도 발자국이 찍혀요."
"그래, 그래. 까치발로 걸어도 발자국이 찍혀. 너는 이제 알았구나. 나는 지금 알았는데."
시인의 말도 안 되는 농담에 함께 웃었다.
"아무리 빨리 뛰어도 발자국은 따라 와요."
"맞아, 맞아. 발자국은 길을 잃지 않고 따라 와. 사랑이 길을 잃지 않아서 그래."
시인의 말은 예측하지 못한 말처럼 엉뚱한데도 무언가 시원했다. 연관성이 별로 없는 말을 엮었다.
"아무리 몰래 걸으려 해도 발자국을 남겨 세상에 도장을 찍어요. 숨길 수가 없어요."
"그래서 사랑하면 숨는 거야. 사랑은 들키고 싶지 않거든."
"아하, 그렇구나."
하며 긍정이와 웃음이가 시인의 말에 즐거워했다. 발자국과 사랑이야기는 잘 이어지지 않았지만 세 사람이 주고받는 대화가 아침 햇살 같았다. 대화는 이성보다 감성으로 할 때가 더 잘 통하는 특별함이 있었다.

110. 나는 하루에 세 번 감사기도를 해

"나는 하루에 세 번 기도를 해."
"어떤 기도를 하세요."
"밤이 되어 자기 전에는 '하루 빛나게 잘 살았습니다. 저는 이제 죽습니다. 내일 아침 깨워주세요.'"
나태주 시인의 기도 내용을 듣고 웃음이가 소리 내어 웃었다.
"시인님. 깨워달라고 기도한다니 아기 같아요."
나태주 시인도 환하게 웃었다. 70이 넘은 나이임에도 아기 웃음 같았다.
긍정이와 웃음이는 '자세히 보아야/예쁘다//오래 보아야/사랑스럽다//너도 그렇다'는 시를 쓴 나태주 시인을 만나고 있었다. 공주의 풀꽃문학관에서였다.
"그러면 아침이 되면 어떻게 기도하세요?"
"깨워주셔서 감사합니다. 인생의 첫날처럼, 인생의 마지막 날처럼 살겠습니다."
이번에도 긍정이와 웃음이가 따라 웃었다.
"낮에도 기도하시나요?"
"당연하지. 낮에는 '남에게 욕 안 먹고 살게 해주셔서 감사하고, 남에게 밥을 얻어먹지 않고 살게 해주셔서 감사합니다.'라고 기도하지."

111. 들을 준비가 되어있어야 들을 수 있어

"같은 책을 봐도 자신이 보고 싶은 이야기만 보지. 같은 글을 읽어도 자신이 알고 싶은 내용만 받아들이고."
"책을 처음부터 끝까지 읽었는데도요?"
"그렇지. 사람은 기본적으로 편집증 증세가 있어요. 먹던 음식만 골라먹듯 책에서도 골라서 봐. 다 봤지만 받아들이는 건 보고 싶었던 거, 듣고 싶었던 것만 받아들이지. 그래서 사람마다 다른 내용을 기억하지."
"듣는 것도 그런가요?"
"그렇지. 듣고 싶은 것만 들어. 같은 강의를 듣고도 다른 것을 기억해. 결국 마음이 준비되지 않았을 때에는 어떤 말도 들리지 않아."
파주 출판문화단지에서는 책축제가 열렸다. 강사로 나온 작가와의 시간이었다. 긍정이와 웃음이는 앞으로 가 앉았다.
다시 한 번 쐐기를 박듯 결론지어 말했다.
"책은 말하지 않아. 준비되어 있을 때 비로소 작가와 독자가 만나게 되지."

112. 행불행은 선택하는 거야

마이산에 가면 분수령이란 표시가 있다. 암마이산과 수마이산 사이에 있다.
"분수령分水嶺이 뭐예요?"
"산의 정상에 비가 내리면 어떤 물은 남쪽으로, 어떤 물은 북쪽으로 흘러가지. 같은 정상에 내린 비지만 다른 골짜기를 따라 흘러가게 돼. 비가 내려 나누어지는 산정상 부분이 분수령이지."
"같은 구름에서 내려 같은 장소에 떨어졌지만 선택에 따라 전혀 다른 곳으로 가는군요."
"그렇지. 작은 산이지만 마이산에서도 섬진강과 금강으로 나뉘어 흘러가지. 인생은 선택이라는 말이 실감나지 않나?"
"그러네요."
공직에서 정년퇴직해 마이산을 안내하고 있는 노인과의 대화였다.
"그렇지. 인생은 선택이지. 행불행 중에서 어떤 사람은 행복을 어떤 사람은 불행을 선택해서 살아. 행불행이 실제로 존재하는 것이 아니야. 있다고 생각하는 것이지."
"그럼. 행불행도 착각이네요."
"그렇지. 다른 예를 들면 일을, 어떤 사람은 살게 하는 힘이라며 즐기지만, 어떤 사람은 고통이라고 생각하며 힘들어하지."

17

WEEK

인생은
축제야

113. 인생은 축제야

이갑용 거사라는 분의 삶을 모두 투입한 결과가 마이산의 탑이었다. 높은 탑도 대단하지만 무너지지 않게 돌탑을 쌓은 것이 신비였다. 개인의 힘이 이만한 일을 할 수 있다니 대단했다.

"왜 쌓았을까요?"

"인생은 축제라는 것을 확인시켜주기 위해서였을 거야."

"!"

웃음이가 묻자 옆에 있던 노스님이 답했다. 웃음이는 이해가 되지 않는 말이었다.

"이유 없이 존재하는 것은 없어. 그렇다면 사람이 태어난 이유가 있겠지."

"그게 무얼까요?"

"각자 다른 사명을 가지고 왔지. 태어난 이유를 찾아내고, 태어난 이유를 이루는 것이 인생이야. 그래서 인생은 고행이 아니라 축제인 거야."

"!"

"내가 하고 싶은 일을 할 수 있으니 얼마나 고마운 일인가. 이갑용 거사께서는 일이 축복이었고, 인생이 축제였겠지. 하고 싶은 일을 평생 하셨으니. 그리고 이루셨으니."

탑사는 정말 한 사람에 의해 아름다운 절이 되었다.

114. 나 혼자 잘 살 수 없어

"나 혼자 잘 살면 그만일 것 같지만 그렇지 않아."
숨어 살듯이 조용하게 살고 있는 사람의 낮은 목소리였다. 비누도 사용하지 않고 물만으로 씻었다.
"아무리 혼자만 잘 살겠다고 천국을 만들어봐야 쓸데없는 짓이야. 천국을 만들려면 조건이 있어요. 세 가지를 지켜야 돼."
"뭐지요?"
"먼저 내 마음에 천국을 들여야 되지. 말 하나 마나지. 둘째는 이웃이 천국이어야 돼. 옆집이 지옥이면 시끄러워 살 수가 없어. 셋째는 일이 있어야 해."
"일이 있어야 된다고요?"
"아무 것도 하지 않고 놀면 좋을 것 같아도 살아있는 의미가 없는 행복이 가능할까?"
갑자기 일 없는 삶을 존재의 의미와 연결하니 막막해졌다. 천국에 살아 일이 없다면 일어나는 일도 없을 것이기 때문이다.
다시 조용히 사는 사람이 낮은 목소리로 말했다.
"먹고 놀고 쉬고 자면 다 이뤄진 것으로 아는데 그 순간 살아있는 의미는 사라지고 말아. 일 없이 몇 년 살아 봐. 아무 일도 일어나지 않는 천국은 정말 큰 지옥일 수 있어."

115. 사람의 중심은 어디일까

"사람의 중심은 어디일까요?"
"배꼽이요."
대부분이 배꼽이라고 했다. 다음으로는 기를 공부한 사람은 단전이라고 했고, 명치라고 생각하고 있는 사람도 있었다. 사람 몸을 연구하는 한의사가 사람의 중심에 대하여 설명했다.
"사람의 중심은 인중人中입니다. 한자로도 사람의 가운데라고 적혀 있습니다."
"인중이라면 코와 입 사이에 있는 인중을 말합니까?"
"그렇습니다.
언뜻 이해가 안 가는데요."
"원리를 떠올리면 이해가 갑니다. 인중을 중심으로 위로는 구멍이 두 개씩입니다."
사람들은 자신의 얼굴을 떠올렸다. 눈 둘, 귀 둘, 코 둘이었다.
학자는 다시 설명했다.
"인중 밑으로는 모두 구멍이 하나입니다."
다시 사람들은 자신의 몸을 떠올렸다. 신기하게 모두 하나였다.
"몸의 원리가 나누어지는 곳이 인중입니다. 인중 위로는 형이상학을 관장하는 곳으로 생각과 느끼는 감각기관입니다. 밑으로는 형이하학을 관장하는 기관으로 먹고 배설하는 기관입니다."
정말 그랬다. 신기하게 정확하게 나누어지는 중심이었다.

116. 까치밥은 하늘밥이야

"까치밥을 아니?"

삼척의 오지마을에 사는 할머니가 웃음이에게 물었다.

"예. 알아요. 저희 할머니가 말씀해 주셨어요. 겨울을 나는 새들을 위해 남겨 놓은 밥이라고요."

"그래, 맞아. 까치밥은 하늘에 차려 놓은 하늘밥이야."

"와아. 너무 멋져요. 하늘밥이란 말."

"아니야. 너무 쉬운 말이야. 하늘의 마음을 대신한 것이니 하늘밥이고, 하늘에 차려놨으니 하늘밥이지. 그리고 무엇보다 하늘이 준 선물을 몇 알 남겨 놓은 것인 걸."

너무나 당연하고 쉬운 말이라는 것을 설명하는 할머니의 말씀이 다시였다. 할머니의 말씀은 가을날에 단맛이 들어가는 말랑말랑한 홍시 같았다.

117. 시절인연이 있는 스승이 필요한 거야

"스승은 많아도 내게 필요한 스승은 하나야."

"어떤 스승이지요?"

"나를 바꾸어놓을 수 있는 스승."

"그런 스승이 정해져 있나요?"

소리 내어 웃다가 다시 말했다.

"내 자신이 정하는 거지."

"나를 변하게 하는 스승을 내가 정한다고요?"

"그렇지. 사람은 고집이 세어서 자신의 생각을 바꾸지 않아. 내가 먼저 바꿀 것을 자신이 깨닫고 준비하고 있었을 때 만난 스승이 자신의 진정한 스승이야."

"네? 준비하고 있었다고요?"

히말라야 서쪽의 라다크에 살고 있는 티베트 수도승의 말에 긍정이는 의아한 눈으로 수도승을 바라보며 되물었다.

"당연하지. 자신도 모르게 준비되고 있었던 거지. 나는 알아. 사람의 본성은 변하지 않는 것을!"

"교육이 필요 없다는 말씀이신가요?"

"그렇지는 않아. 예를 들어 달라이 라마에게 사기꾼이 되라고 교육을 시켜 봐. 안 돼. 도리어 교육시키는 사람을 바꾸려고 할 거야. 반대로 깡패를 착하게 살라고 교육시켜 봐. 속으로 비웃지. 그렇게 살면 손해만 본다며."

118. 진정한 친구는 고난을 함께 하지

"고난은 실험장일세. 진정한 친구를 실험하는 실험장이야."
"고난이 필요한 것이네요."
"그렇지. 길을 가다 사막을 만나면 다 떠나고 진정한 친구만 남아."
"어려워지면 진정한 친구는 남고, 친구 아닌 사람들은 떠나네요."
"그렇지. 오아시스가 왜 사막 한 가운데에 있는가를 알게 하지. 사막으로 걸어 들어가야 할 때 사람들이 자신을 떠나거든. 반대로 사막을 걸어가야 할 때 다가 와 고난을 동행해 준 사람이 진정한 친구지."
"고난을 함께 하기 어렵잖아요."
"행복은 누구하고나 나눌 수 있지. 하지만 불행은 친구만이 나눌 수 있어. 인생에 고난이 몇 번 오는 건 진정한 친구를 찾아내라는 거야."

119. 괜찮아, 괜찮아. 인생길은 외길이라 잃어버릴 수가 없어

"힘들지, 정말 힘들어."
"그래요. 힘들어요."
"그래도 얼마나 대견해. 작은 민들레도 한데서 비바람 맞으며 참아내선 꽃 피우잖아. 엄마 없이도 잘 살아내잖아. 우리도 잘 살아내야 해."
"고마워요. 위로해 줘서."
젊은 시인이 긍정이와 웃음이의 여행길을 걱정하면서 위로하자 긍정이와 웃음이가 감사 인사를 했다.
"아니야. 내가 더 고마운 걸. 사람은 위로하면서 위로 받는 거야. 그러니 내 말을 들어 줄 너희들을 만나서 고마운 거야."
"그래도 고마워요."
긍정이가 젊은 시인에게 다시 말했다.
젊은 시인은 말을 받아서 다시 이야기했다.
"사람들은 종종 길을 잃을까 걱정하지만 길이 많아도 갈 길은 하나야. 인생길은 외길이야. 그래서 길을 잃을 수가 없어. 내가 가는 길이 곧 내 인생길이거든."

18

WEEK

행복은
공짜야

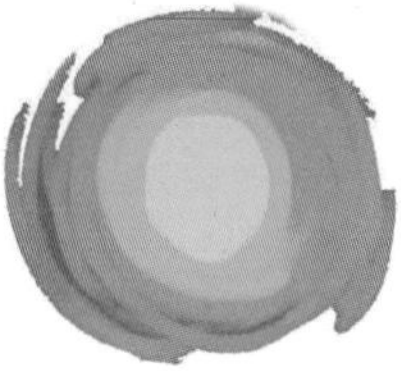

120. 가을은 뒷모습이 아름다운 계절이야

"이별이 슬프잖아."

"예. 맞아요. 이별은 슬퍼요."

"그런데 이별의 현장이 아름답게 빛나는 때가 있어."

"언제요?"

"가을이야."

"가을이라고요?"

"그래. 가을은 이별하기 위해 아름다워지지. 가을은 이별하기 위해 단풍들어 세상을 환하게 하지. 꽃보다 고운 단풍이 들지. 이미 감 사과 배 오미자나무는 열매로 성찬을 차려 세상에 베풀었고."

"정말 그러네요."

"가을은 이별이 빛나는 일임을 알려주지. 뒷모습이 아름다운 가을이야. 가을은 이미 봄을 예약해 놔서 더욱 아름다운 거야."

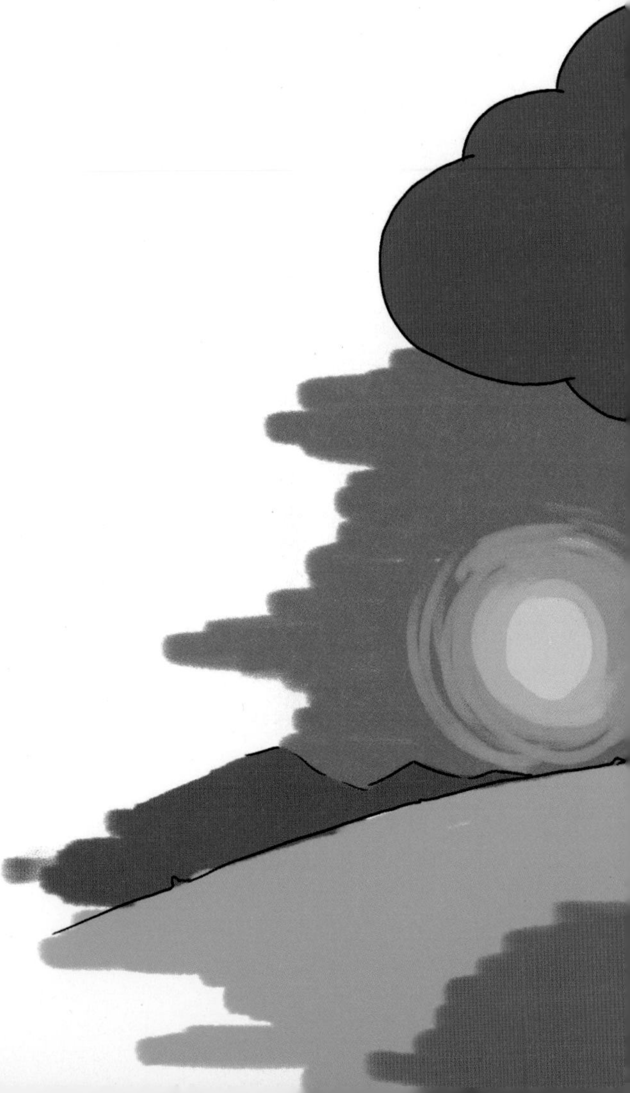

121. 행복해지기 위해 성공해야 한다고?

"성공이 그리 절실한가?"
"예. 저는 성공해야합니다."
"성공해야 하는 이유가 있는가?"
"있습니다. 행복해지기 위해섭니다."
"성공하면 무엇이 행복한가?"
외나무다리에서 대결하는 장면 같았다. 행복과 성공에 대한 이야기로 꽃을 피우고 있었다. 강원도 홍천의 살둔마을에서였다.
성공하면 무엇이 행복한가라는 질문에 젊은 청년은 멈칫 했다.
"성공하면 제가 원하는 것을 가지니 당연히 행복하지요."
"가지려는 것이 무엇인가?"
"돈이 필요하고, 돈을 벌면 인정받을 수 있으니 성공은 필수입니다."
"돈으로 무엇을 하려하나?"
"여행을 다니고, 여유를 가지고 고급스럽게 즐기며 살고 싶습니다."
"물론 좋은 생각일세. 하지만 성공한 사람이 먹고 놀고 쉬며 여행을 즐기며 사는 사람을 거의 못 봤네. 성공은 한 순간에 무너질 수 있어서 지키느라 더 바빠지더군. 행복을 위해서 성공이 필요한 것이 아니라 행복해지면 성공한 인생이라네."

122. 게으른 철학자는 있어도 분주한 철학자는 없어

"마음이 바쁜 시인이 없고, 마음이 바쁜 철학자는 없지."
분주하게 바쁜 화가에게 나이 든 화가가 말했다.
"저는 상상력을 찾아다니는데요."
"그런가. 상상력은 찾는 게 아니라 상상력은 마음에서 나오는 거야. 마음이 게으르면 상상력이 비로소 나비처럼 날아오르지. 영감은 한가로울 때 나오거든."
"슬플 때나 기쁠 때도 영감이 떠오르나요?"
"한가와 여유에는 약간의 슬픔과 기쁨이 자연스럽게 따라오지. 사람에게는 원시적 슬픔이 늘 있어."
"큰 슬픔에도 상상력이 가능한가요?"
"아닐세. 삶은 때로 폭우처럼 쏟아지는 아픔의 한 복판에 있기도 하지. 그때는 상상력과 영감은 제압당해서 아무 것도 안 보여. 폭우가 지나간 뒤에 다시 나비가 날아오르듯 큰 슬픔이 지난 후에야 꿈도 꿀 수 있지."

123. 일은 생각할 시간을 가지려고 하는 거야

"꿀벌은 슬퍼할 시간이 없다는 말 들어보았나?"
"예. 들었습니다."
"꿀벌이 슬퍼할 시간이 없다는 건 다른 말로 하면 꿀벌은 생각할 시간이 없다는 것이지."
"성실하게 살라고 하잖아요."
"성실만큼 큰 덕목도 없네. 한데 누구를 위해서 부지런하게 살아야 하는가?"
"당연히 나 자신을 위해서지요."
일중독인 젊은 사업가와 사업에서 손을 놓은 노 사업가가 대화를 나누고 있었다.
"성실하고 바쁘게 사는 이유가 난데, 나에게 생각할 시간을 주지 않는 것이 옳은가?"
"살기 위해서 어쩔 수 없었습니다."
"휴식 시간도 없고 휴가도 없는가?"
"그렇지는 않습니다. 쉬는 날도 있고, 휴가도 주어집니다."
"쉬는 날은 무엇을 하시는가?"
"쉬는 날과 휴식시간엔 일생각하지요."
"부지런하게 사는 게 잘 사는 것 같지만 생각할 시간이 없이 산다는 것이지. 일 생각이 아니라 나를 바라볼 수 있는 시간이 필요하지. 왜 일해야 하는지 진정한 이유가 있을 걸세."
"!"
"일을 하려고 태어난 것이 아니라네. 생각할 시간을 가지려고 일을 하는 것이라네. 일보다 생각이 한 수 위거든."

124. 인생을 불질러 봤어

"인생을 불질러 본 적이 있는가, 그대는?"
성소에 들어가 들은 첫 질문이었다. 명상하는 사람들의 공간이었다. 40대 중반 정도의 사람이 명상방법을 주도하고 있었다. 질의응답 시간에 노인이 젊은 청년에게 물었다. '인생을 불질러 봤는가.' 라는 질문에 청년은 말을 못하고 당황하고 있었다.
"무엇엔가 인생을 던져봐야 하네. 하나에 미치면 하나의 세계를 이해하게 되지. 미쳐본 사람은 다른 일에도 미칠 수 있거든. 미치지 않으면 어떤 경지에도 도달할 수 없네."
"무엇에 미쳐야 합니까?"
"그대가 좋아하는 것에!"
"여자에 미쳐도 됩니까?"
청년은 진지하게 말했다.
"당연하지. 여자는 여자도 낳지만 남자도 낳았거든. 여자의 변덕을 알면 인간을 알게 되지. 여자는 남자보다도 더 자연에 가까운 존재거든."
"!"
"분명한 건 자신을 불 지르지 못하면 여자도 타오르지 않는다는 거야. 사랑은 혼자 불질러지지 않아. 세상은 내가 뜨거워야 같이 뜨거워질 수 있는 거야. 모든 사건의 발원지는 언제나 나야."
알 것도 같고 모를 것 같기도 한 말이었다.

125. 모든 길은 돌아오는 길과 만나게 되어 있어

궁정이와 웃음이는 여행 중이었다. 남미에 있는 볼리비아의 산타클로스 마을을 지나고 있었다. 노인들이 쉬고 있는 커다란 나무그늘로 들어갔다.

"어디로 가는 중이요?"

나이가 지긋한 노인이 말을 건넸다.

"여행하는 중이예요."

"여행은 자신을 사랑하는 사람이 하는 것이지."

"그런가요?"

"자신을 사랑해야 바람 속에 자신을 세울 수 있지."

"예?"

"진정 자신을 사랑하지 않고서는 자신을 모험 속으로 내몰지 못 하지. 여행은 돌아오는 길을 찾는 것이라서 그래."

긍정이와 웃음이는 호기심이 발동했다.

'돌아오는 길을 찾는 것이 여행'이란 말에 그리고 '자신을 사랑하기 때문에 오히려 모험 속으로 내몬다'는 말에 귀를 쫑긋 세우고 노인을 바라보았다.

"여행은 돌아오는 길을 찾는 것이라고요?"

"그렇지. 여행의 최종 목적지는 나 자신이지. 그래서 모든 길은 돌아오는 길과 만나게 되지."

여행의 최종 목적지는 나 자신이라는 말과 모든 길은 돌아오는 길과 만나게 되어있다는 말에 가슴이 뜨거워졌다.

"좋은 말씀 고맙습니다."

긍정이와 웃음이의 목소리가 밝아졌다.

126. 행복은 공짜야

볼리비아의 코차밤바에서 과일을 수동으로 직접 짜서 만든 주스를 마시며 긍정이와 웃음이는 행복했다.
"세상에서 중요한 것은 공짜야!"
웃음이가 코차밤바의 맑은 공기와 따가운 햇살을 받으며 주스를 마시고 있는 것을 행복해 하며 웃었다.
"맞아. 정말로 중요한 건 공짜고, 필요 없는 것들은 비싸서 다행이야."
긍정이도 오렌지주스를 마시며 행복한 모습으로 응답했다.
"그래. 금이나 다이아몬드 같은 보석은 먹을 수도 없고, 위험하기만 해서 우리에게는 귀찮기만 한데 비싸니 얼마나 좋아. 공기나 물값이 비싸다면 슬플 거야."
긍정이의 말이 끝나자 옆에서 듣고 있던 주스를 파는 여인이 말했다.
"과일도 채소도 제 철 것들이 싱싱하고 값도 싸거든. 무엇보다 행복도 공짜인 걸."
뜨거운 태양의 나라 콜롬비아 사람들의 표정은 밝았다. 주스를 파는 여인의 얼굴은 더 밝았다.
"사람도 그렇지요?"
"그래, 그래. 가장 가까운 거리에 있는 사람이 가장 중요한 사람이야. 그리고 오래 함께 하는 사람이 가장 중요한 사람이야."
주스를 파는 여인은 신이 나서 말했다. 사람이 밝으니 듣는 사람마음도 행복해졌다.

19

WEEK

길을 잃으면
천국을
만날 수 있어

127. 길을 잃으면 천국을 만날 수 있어

긍정이가 세상의 배꼽이라고 하는 적도에 위치한 태양의 나라 에콰도르의 키토에서 좀 떨어진 마을을 지나다 마을 촌장인 듯한 노인을 만났다.

"길이 여러 갈래라서 길을 잃었습니다."

"길이 많다는 건 길이 없는 것과 다르지 않다네. 덕분에 그대와 내가 만나지 않았는가."

"그렇네요. 촌장님을 만나고 이 마을과 마을 분들을 만나게 되어 행운입니다."

"그렇지. 길을 잃으면 큰 일 난 줄 알지만 길을 잃어야 천국을 만난다네."

"예? 길을 잃어야 천국을 만난다고요?"

긍정이의 표정이 의문으로 가득 했다.

"그렇다네. 예정된 길에서는 예정된 일이 기다리고 있지만 길을 잃으면 예기치 않은 일과 만나게 되지."

"그래서요?"

긍정이의 말에 아직도 미심쩍은 마음이 담겨 있었다.

"인생은 새로운 세상과 만나고 경험해 보는 것이라네. 인생에서 중요한 건 내가 지구에 왜 존재해야 하는가를 아는 것이 먼저라네."

128. 인생에 목적이 없으면 인생은 노동에 불과해

"사람은 신에 의해 운명 지어진 것이 아니라 스스로 선택해서 살아가는 독립군이라네. 살아가야 할 이유 없이 산다면 험난하고 힘든 세상을 굳이 살아있어야 할 이유가 없지 않은가. 인생에 목적이 없으면 인생은 노동에 불과하다네. 안 그런가?"

마을 촌장이 긍정이에게 도리어 질문 하듯 말을 맺었다. 긍정이는 머리를 한 대 얻어맞은 듯 했다. '인생에 목적이 없다면 인생은 노동에 불과하다'는 말이 그랬다.

"길을 잃는 것은 예기치 않은 세상과 만나는 축복일 수도 있다네."

"예. 좋은 말씀 고맙습니다."

긍정이와 웃음이가 촌장의 의미 깊은 말에 감사의 말을 전했다. 그러자 촌장이 한 마디를 더 했다.

"길이 끝나는 곳에서 새 길이 열리는 법일세. 최초의 길은 언제나 도전하는 자에 의하여 만들어진다네. 여행도 도전이라네. 두 사람에게 길이 열리길 기다리고 있는 곳도 있을 거야."

129. 실패는 인생의 스승이야

궁정이와 웃음이가 티베트의 수도 라싸에서 오렌지색과 붉은 빛의 옷을 입은 승려를 만났다.
웃음이가 승려에게 환하게 웃으며 다가가더니 붙임성 좋게 한 가르침을 부탁했다. 제법 긴 시간을 이야기 했지만 뚜렷이 남는 이야기가 있었다.
승려의 눈동자가 빛났다.
"진정한 인생의 스승은 실패입니다."
긍정이답지 않게 눈을 동그랗게 뜨고 반문했다.
"성공이 아닌가요?"
"물론 성공이 주는 것은 많습니다. 하지만 성공이 가르쳐주는 건 오만이지만 실패가 가르쳐 주는 건 겸양입니다."
긍정이는 그래도 이해할 수 없었다.

130. 실패는 성공에 한 발짝 다가선 거야

"세상은 성공으로 모든 걸 이룰 수 있는 것 같아도 그렇지 않습니다. 성공은 살아가면서 필요한 요소지만 깨달음에 이르는 길과 반대의 길입니다."

"그렇다면 일부러 실패를 하라는 것인가요?"

긍정이가 또 반문했다.

"성공이 물론 중요하고 필요합니다. 당연히 성공을 위하여 노력해야 합니다."

"그럼 실패는 왜 해야 되지요?!"

긍정이와 웃음이가 승려의 입만 바라보았다.

"실패는 자연스럽게 여러 번 옵니다. 먼저 실패를 통해 완성되지 않은 자신을 확인하고, 다음으로 타자에 대한 이해심을 가지라는 것입니다."

"실패로 나의 불완전함을 확인하고, 타자의 불완전함도 이해하는 계기로 삼으라는 것입니까?"

웃음이가 또박또박하게 반박하듯 물었다.

"예. 그렇습니다. 약자에 대한 배려뿐만이 아니라 부족한 나 자신에 대한 따뜻한 이해는 실패를 통해 배워야 하는 것입니다. 실패는 성공에 한 발짝 다가가는 것이기도 합니다."

긍정이와 웃음이의 얼굴에 웃음이 가득 찼다.

131. 어떤 사람은 세상의 자음과 모음으로 욕을 만들지만 어떤 사람은 자음과 모음으로 시를 짓지

긍정이와 웃음이가 동유럽의 작은 마을 찰츠브르크를 여행하고 있었다. 모차르트가 태어난 마을을 둘러보다 한 노인이 아이에게 들려주는 이야기가 귀에 꽂혔다

"어떤 사람은 세상의 자음과 모음으로 욕을 만들지만 어떤 사람은 자음과 모음으로 시를 짓는단다."

"우와, 너무 멋진 말이다."

노인의 말에 긍정이와 웃음이가 이끌려서 가만히 다가가 들었다. 노인의 말에 신기한 듯 귀와 눈을 집중하고 듣고 있는 아이도 신기했다.

"어떤 사람은 세상의 소리로 소음을 만들지만 어떤 사람은 세상의 소리로 음악을 만든단다. 어려서부터 천재였던 모차르트는 세상의 소리를 골라서 아름다운 음악을 만들었단다."

"나도, 나도. 세상의 소리로 아름다운 음악을 만들 거야!"

아이의 얼굴에 웃음이 꽃처럼 피었다.

132. 삿대질은 싫어요

길거리에서 서로 삿대질을 하며 싸우고 있었다. 중국 북경의 시장통이었다. 긍정이와 웃음이는 자리를 피해서 돌아갔다. 웃음이가 할머니를 떠올리며 말했다.

"남을 지적하는 손가락을 살펴보면 화났을 때 어떻게 처신해야 하는지 알 수 있대."

"그래. 참 신기하다. 어떻게?"

"남을 지적하는 손을 만들어 봐."

"이렇게?"

긍정이가 검지로 남을 지적하는 모양을 만들었다.

"자세히 봐. 남의 잘못을 지적하고 있는 손가락은 하나인데, 세 손가락은 자신을 향하고 있지."

"그렇네."

"엄지도 못마땅하다는 듯 다른 곳을 바라보며 방관하고 있잖아."

"정말 그렇다. 웃음아. 어떻게 이런 걸 알았니?"

"할머니가 알려주셨어. 남의 잘못을 지적할 때는 나부터 3번 이상 돌아보고, 다시 한 번 엄지처럼 객관적으로 자신을 바라보라고 하셨어."

"우와. 웃음이는 좋겠다. 멋쟁이 할머니가 계셔서."

황사가 뿌예도 긍정이와 웃음이의 얼굴엔 웃음꽃이 피었다.

133. 엄지, 척!

중국 북경의 만리장성을 걸으며 긍정이가 웃음이에게 손가락에 대한 이야기를 하나 더 요청했다.

"손에 대한 이야기 하나 더 해 줄래."

"으음."

웃음이가 머리를 갸우뚱하더니 말했다.

"마찬가지로 이것도 할머니 말씀이셔."

"그래. 얼른 해 봐."

"내가 최고라고 검지를 쳐들고 나머지 손가락의 모양을 봐."

긍정이가 엄지를 치켜들었다.

"나머지 네 손가락이 나를 가리키는데."

"그렇지. 긍정아."

"뭘 의미하는 거지?"

"있는 그대로야. 이번에는 네 손가락이 응원하는 거랬어. '그래. 세상에서 최고는 바로 너, 너야' 라고 하는 거랬어. 자신을 세상에서 최고라고 하니 나머지 손가락들도 '네가 맞다'고 인정하는 거지. 나 자신을 세상에서 최고로 만들겠다는 엄지손가락의 선언에 다른 손가락들도 적극 지지한다는 응원이라고 하셨어."

"우와. 정말 멋진 생각이다."

20

WEEK

마음 농사가
최고의
농사야

134. 당당함은 나 자신에게 부끄럽지 않아야 비로소 찾아오는 거야

궁정이와 웃음이는 중국 서안에 있는 진시황의 병마용갱兵馬俑坑을 찾았다.
"엄지를 쳐들 만큼 자존을 가지려면 두 가지가 필요하다고 하셨어."
"뭔데?"
궁정이가 다급하게 물었다.
"안으로는 나 자신에게 부끄럽지 않고 당당해야 하고, 밖으로는 남이 나를 칭찬하게 만들어야 가능한 거라고 하셨어."
"와. 그냥 내가 최고라고 하면 오만이 되는 거고, 전제 조건이 필요한 거구나."
"그렇지."
"둘 다 쉽지는 않겠지만. 너무 간결하면서 핵심을 지르는 말씀이네. 나 오늘 감동 먹었다. 웃음이 너하고 웃음이할머니 최고!"
궁정이가 웃음이에게 엄지를 쳐들어 보였다.
"진시황은 왜 이렇게 큰 묘를 만들었을까?"
"두려워서겠지.
웃음이의 말에 궁정이가 답했다.
"두려워서라고?"
"당당함은 나를 사랑할 수 있어야 하는데, 내가 나 자신에게 당당해야 가능하다고 울 할머니께서 말씀하셨어."
"진시황은 자기 자신에게 자신이 없었나 보네."
"그렇지. 울 할머니 말씀대로라면 진시황은 자기 자신에 대해 믿음이 없었던 거야."

135. 입이 하나인 이유가 뭔지 아니

태국 방콕에 내려 도시 한 복판을 긍정이와 웃음이가 활보하고 있었다.
"얼굴에 있는 것들은 다 쌍으로 이루어졌는데 왜 입만 하나일까?"
밑도 끝도 없이 긍정이가 웃음이에게 물었다.
눈 콧구멍 귀까지 둘씩인데 정말로 입은 하나였다. 긍정이와 웃음이는 어울리지 않게 심각한 표정이었다.
"그럼, 둘이 되어야 하는 이유부터 생각해 보자."
긍정이가 먼저 제의했다.
"귀가 둘 있어야 소리 나는 방향을 알 수 있지."
"둘 있어야 거리를 잴 수 있거든."
"콧구멍은 교대로 숨 쉬는 걸 담당한다고 했어."
"그렇다면 입은 왜 하나일까?"
"울 할머니가 말씀 하셨어. 우리가 먹는 음식은 안타깝게도 살아있는 생명체랬어. 다른 생명의 살생으로 사는 거라서 삶이 보다 더 가치있고 의미있어야 한다고 하셨어."
"그렇네!"
긍정이의 말에 웃음이가 새삼 놀란 표정으로 인정했다.
긍정이가 혼잣말처럼 말했다.
"살생을 적게 하라는 계시 아닐까?"

136. 생각을 바꿔봐. 지금까지와는 다른 세상이 보여

"흔히 생각을 바꾸라고 하는데 생각이 진짜로 바뀌나요?"
"바뀌지."
"그래요!"
눈이 반짝였다.
"바꾸면 바뀌는 거야."
"그런 말이 어딨어요?"
"안 된다고 생각하는 사람은 아무 것도 못해. 안 바뀐다고 생각하면 아무 것도 안 바뀌어."
젊은 친구는 맥이 빠졌다. 자신을 두고 하는 말이었다. 하지만 다른 방도가 없었다.
노인은 말했다.
"쉬운 방법이 있어."
"그래요!"
젊은이의 목소리가 커졌다.
"할 수 있다고 생각하는 것이 어색하면 그냥 해 봐."
"!"
노인이 젊은이가 안타까운듯 다시 말했다.
"힘들어도 해 봐. 생각을 바꾸면 세상이 다르게 보여. 그리고 행동을 바꾸면 세상이 바뀌어서 다가 와. 지금까지와는 다른 세상이 열리지. 생각과 행동을 바꾸지 않고 세상이 바뀌기를 바라면 세상은 등을 돌리고 가버리지."
"..."
노인이 젊은이의 등을 두드리

며 말했다.

"그래도 해 봐. 안 되면 어때. 원래 실수로 배우는 거야. 실패로도 배우고."

137. 사람이 죽으면 사람의 가슴에 묻혀야 하는 거야

긍정이와 웃음이가 체코의 프라하의 오래 된 돌길에서 공연하는 즉흥연극을 보고 있었다. 대사가 가슴을 때렸다. 늙은 도보여행자와 젊은 자전거 여행자의 대화였다.

"잘 살았는가는 죽은 후 무덤이 어디에 자리 잡는가, 로 알 수 있는 거야."

"어디에 묻혀야 가장 잘 산 것인가요?"

"땅이 아니라 누군가의 가슴에 묻혀야 하는 게지. 그것이 가장 아름다운 죽음이지."

"죽어서 사람의 가슴에 묻힌다."

젊은 자전거 여행자는 혼잣말처럼 중얼거리다 늙은 도보 여행자에게 물었다.

"그러려면 어떻게 죽어야 할까요?"

"죽는 모습은 중요하지 않다네. 인생의 독립군, 사랑의 독립군으로 살았으면 잘 산 게야. 그렇게 살았으면 아무리 구차하게 죽음을 맞더라도 사람의 가슴에 묻힐 수 있지."

"독립군이라고요?"

"그렇다네. 온전히 사람에게, 인생에게 헌신하며 사는 것이 독립군이지."

138. 사람에게 인생은 모닥불의 재료인 장작이라네. 다 태우고 가야 해

체코의 프라하에서 즉흥연극을 계속 보고 있었다.
젊은 자전거 여행자가 세워 놓았던 자전거를 눕히며 말했다.
"인생에 헌신한단 말씀이 무슨 의미인지 한 번에 다가오지 않는 데요."
"모닥불 피어 봤나?"
"예. 여행하다 추울 때와 어두울 때 피우곤 했지요."
"그렇지. 추울 때 따뜻하게 해 주고, 어두울 때 환하게 해 주고는 자신은 재만 남는 것이 모닥불 아니던가?"
"예. 그렇지요."
하지만 젊은 자전거 여행자는 의미가 확 다가오지 않는다는 표정이었다.
"모닥불처럼 가진 열정과 재능을 온전히 인간에게 사랑과 봉사로 다 불 사르고 가는 것이 인생의 헌신이라고 생각하네. 인간을 위하여 인생을 불사르는 것을 나는 '삶의 헌신'이라고 한다네."
"!"
"사람에게 인생은 모닥불의 재료인 장작이라네. 다 태우고 가야 하는 것이지."
긍정이와 웃음이는 이국땅 체코의 프라하에서 두 사람이 열연하는 즉흥 연극에 푹 빠졌다.

139. 마음농사가 최고의 농사야

중국 산동성의 평원에서 긍정이와 웃음이가 마실 물을 찾다가 노인을 만났다.

"마음 농사가 가장 큰 인생농사라네."

"마음 농사는 어떻게 지어야지요?"

긍정이가 진지하게 물었다.

"사람마다 세상을 받아들이는 틀이 있는데 틀에는 여과망이 있다네. 마음은 자신이 원하는 것만 받아들이지. 부정적인 사람은 실패에 대한 걱정만 수집한다네. 그래서 시작하지도 않지. 반면 긍정적인 사람은 성공하는 방법을 찾아내지. 그래서 도전하지.

"그렇네요. 하지만 조금 더 예를 들어 주시겠습니까?"

이번에는 웃음이가 정중하게 물었다.

"인생을 만드는 건 받아들이는 것에 의해 결정된다네. 같은 맹물로 어떤 나무는 빨간 꽃을 피우고, 어떤 나무는 노랑꽃을 피우지. 같은 물이지만 받아들이는 것에 따라 빨강과 노랑을 창조하는 원리를 말한다네."

이제야 긍정이와 웃음이는 이해가 되었다. 이해가 되자 질문에 자신이 생겼다.

"그렇다면 받아들이는 여과망을 잘 만들어야 하는 것이네요."

"그렇지. 여과망이 정체성이라네. 여과망을 긍정적인 것으로 만들면 인생은 자연히 성공, 행복, 웃음 쪽으로 방향을 틀지. 그래서 마음농사가 가장 큰 농사라고 하는 것이야."

140. 물은 낮은 자리를 다 채우고 나서야 제 갈 길을 찾는다

"비타민c와 현미경을 발명한 나라가 어딘지 아니?"
헝가리 부다페스트의 도나우강에 있는 새체니교를 건너며 웃음이가 긍정이에게 밝은 목소리로 물었다.
"음. 우리가 지금 헝가리에 있으니 헝가리가 답이 아닐까."
"역시 눈치가 빠르네."
긍정이와 웃음이는 도나우강이 흘러가는 것을 바라보고 있었다. 긍정이가 재미있는 걸 생각해 낸 듯 말했다.
"서두르지 않고 여유를 즐기니 세상도 순해지는 느낌이다."
"나도 그래."
"웃음아. 이럴 때 생각나는 너희 할머니 말씀 없냐?"
쉬지 않고 흘러가는 강물을 바라보다 웃음이가 얼굴 가득 웃음을 담았다.
"생각해 냈어?"
웃음이를 보고 긍정이가 다시 물었다.
"물은 빈 웅덩이를 다 채우고 나야 다시 갈 길을 찾는다고 하셨어."
"와. 너무 멋지다. 우리도 이번 여행에서 마음에 깨달음을 가득 채워보자. 웃음아."
긍정이와 웃음이의 웃음이 하늘 아래 빛났다.

21 WEEK

시간에
떠 내려
가지 마

141. 마음산을 낮춰야 도전할 수 있어

티베트 라사에서 오렌지색과 붉은 빛깔의 승복을 입은 노 승려와 긍정이와 웃음이가 산에 대한 이야기를 하다가 승려가 긍정이에게 넌지시 물었다.

"세상에서 가장 높은 산이 어떤 산인지 아는가?"

"히말라야산입니다."

웃음이가 자신 있게 답했다.

"가장 높은 산은 마음산이라네."

"예?"

긍정이와 웃음이가 함께 소리쳤다.

"마을 앞의 산을 넘으려고 해도 마음산을 넘어야 하고, 히말라야를 넘으려 해도 마음산을 넘어야 하네. 마음산을 넘지 못하면 어떤 산도 넘을 수 없으니 마음산이 가장 높은 산이지."

"그렇네요."

노승의 설명을 듣고서 이해가 되었다.

"마음산을 쉽게 넘는 사람은 어떤 장애도 극복하지만 마음산을 넘지 못 하는 사람은 체념하고 만다네. 마음산은 낮춰야 하네. 그래야 도전과 모험을 할 수 있지."

142. 긍정에너지발전소를 마음에 세워 봐

티베트 라사에서 오렌지색과 붉은 빛깔의 승복을 입은 노승려와 긍정이와 웃음이가 계속 이야기를 나누고 있었다.

"마음산을 낮추는 것이 가능합니까?"

"마음 안에 긍정에너지발전소를 세우는 게지."

"긍정에너지발전소를 만든다고요?"

아직 확신이 가지 않는다는 표정으로 웃음이가 물었다. 확신이 안 가기는 긍정이도 마찬가지였다.

"그렇다네. 꿈을 가지면 긍정에너지가 자동 가동 된다네. 꿈을 가지면 열정이 생기고, 열정이 생기면 행동하게 되지. 행동하면 인생이 변하기 시작하지. 변화를 두려워하지 않아야 성공할 수 있다네. 성공은 도전한 자만이 가질 수 있는 달콤한 열매지."

노승의 말을 듣고 웃음이와 긍정이가 고개를 끄덕였다. 아하, 하는 표정이었다.

"꿈 희망 바램 같은 것들은 긍정에너지 발전소를 자동으로 가동하게 하는 힘이 있지. 그것들이 살게 하는 기본적인 힘이지. 아무 도전도 못 해 본 것보다는 실패가 훨씬 낫다네."

"?"

다시 긍정이와 웃음이가 고개를 갸우뚱했다.

"실패는 경험이지만 도전하지 못하면 결국 시간에 빠져 죽는다네."

143. 인연은 사람을 선물 받는 거야

"긍정아. 너와 함께 여행한 지가 6개월 지났는데도 다툼 없이 행복한 건 너의 긍정적인 마음 때문이야."

"아니야. 웃음아. 네가 보름달처럼 환하게 다 웃음으로 받아 줘서 그래."

둘은 말해 놓고 까르르 웃었다.

"웃음아. 세상에서 가장 큰 선물은 뭐라고 생각해?"

"울 할머니 말씀이신데 세상에서 가장 큰 선물은 인연이라고 하셨어."

"인연?"

웃음이의 말에 긍정이가 의외라는 듯 말꼬리를 올렸다.

"그렇지, 인연. 사람을 선물 받는 것이 인연이랬어."

"와우. 사람을 선물 받는다. 상상만으로도 감동이다."

"울 할머니께서는 인연은 결국 서로가 서로에게 자신을 선물하는 거랬어. "

"너무 멋지다. 서로를 서로에게 선물한다!"

긍정이가 감동에 목소리를 높이자 웃음이도 신이 나서 말했다.

"그래. 살아 온 인생 모두를 한 사람에게 선물 하는 거지. 한 사람의 거친 운명까지도 받아들여야 진정한 인연이랬어."

몽골 초원지대의 밤하늘에 별들이 가득 했다. 두 사람의 얼굴에는 서로의 얼굴이 들어 있었다. 긍정이의 눈에 웃음이가, 웃음이의 눈에 긍정이가.

144. 진정으로 이기적인 사람은 남들이 자신을 욕하도록 방치하지 않아

"어떻게 살아야 잘 사는 것이지요?"

인도의 뭄바이에서 종교의식에 참가했다가 웃음이가 성자에게 물었다.

"가장 잘 사는 법은 가장 이기적으로 사는 것입니다."

수염이 하얀 성자가 존댓말로 답했다.

긍정이와 웃음이는 뜻밖의 답에 서로를 쳐다보았다.

성자는 예상했다는 듯 긍정이와 웃음이의 반응에 빙그레 웃었다.

"이기적으로 산다는 것은 자신에게 이롭게 사는 것이란 의미지요."

"자신만을 위해 살면 욕과 돌을 맞지 않을까요?"

웃음이가 따지듯이 반문했다.

"아닙니다. 진정으로 이기적인 사람은 자신이 남에게 욕을 먹게 행동하지 않습니다. "

"…!"

긍정이와 웃음이는 말문이 막혔다.

그러자 성자가 말을 이었다.

"가장 이기적인 방법은 당연히 내가 나를 이롭게 하고 또한 남들이 나를 이롭게 하는 방법입니다."

"그런 방법도 있나요?"

"배려와 봉사지요. 배려와 봉사는 남을 위한 행위이기도 하지만 자신을 위한 배려와 봉사입니다. 배려와 봉사에는 남들이 나를 사랑하게 하는 힘이 있습니다. 진정으로 이기적인 삶은 배려와 봉사에 있습니다."

긍정이와 웃음이는 인도는 다양함과 철학의 나라라는 생각을 다시 하게 되었다.

145. 경쟁은 남하고 하는 게 아니야

"파란 하늘에 웃음 하나 걸어 보았는가?"
스리랑카 수도 콜롬보를 여행하다 스님을 만나 함께 걷는 중에 스님이 긍정이와 웃음이에게 던진 말이었다. 긍정이와 웃음이는 답을 하지 못했다. 그래도 기분이 좋았다. '파란 하늘에 웃음 하나 걸어 보았는가.' 라는 말이 좋았다.
조금은 어색한 분위기로 걷고 있다가 긍정이가 어색한 분위기를 깨며 말했다.
"스님들도 득도에 대해 경쟁을 하나요?"
"하지. 하지만 경쟁은 남하고 하는 게 아니야. 자기 자신하고 하는 거지."
뜻밖이었다. 경쟁은 남과 하는 것에 익숙해져 있었기 때문이었다.
"왜지요?"
"인생은 나만의 길을 내 방법대로 살아야 하는 것이기 때문이지."
긍정이와 웃음이는 아하, 그렇구나 싶었다. 웃음이가 다시 물었다.
"세상은 온통 경쟁인 걸요."
긍정이가 여행을 오기 전 한국생활에 대해 떠올렸다.
"하지만 남과 경쟁을 하면 적을 만들지. 그리고 평정심을 잃게 되네. 하지만 자신과 경쟁을 하면 수련일 수 있지. 또한 남과의 경쟁으로 얻은 성취에는 과정의 즐거움이 덜하지."
승려의 목소리는 낭랑했고 바람결에 녹아들었다.
"자신과의 경쟁에는 적이 정말로 없네요."
긍정이가 새삼 큰 걸 깨달았다는 듯이 말하자 승려는 빙긋이 웃으며 말했다.

"경쟁은 어제의 나와의 경쟁이 더 의미있는 것이야."
"이제는 알 것 같습니다. 하늘에 웃음을 걸어 놓으란 말씀을요."
고건축이 아름다운 콜롬보의 하늘은 쾌청했다.

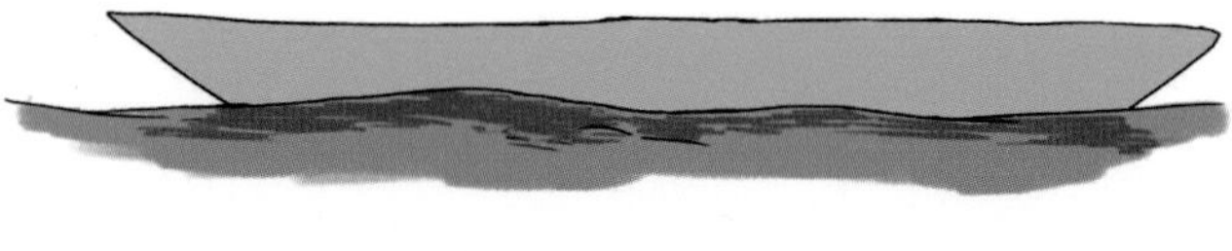

146. 시간에 떠내려가지 마

"나는 오스트리아를 생각하면 모차르트가 생각 나."

"나는 클림트의 〈키스〉가 떠올라. 황금색이 주조를 이룬 그림에 건장한 어깨의 남성과 꿈꾸는 듯한 여인의 키스."

오스트리아의 수도 빈을 지나며 긍정이의 말을 이어 웃음이가 몽환적인 표정으로 말했다.

오스트리아에서 일가를 이룬 사람들에 대해 이야기하자 동행하고 있던 여행 작가가 말했다.

"시간에 떠내려가지 않으려면 추진력이 있어야 되는데 그 분들이 그랬지요."

"인생도 떠내려 갈 수 있나요?"

긍정이가 정색을 하고 물었다.

"그렇지요. 물고기는 흐르는 강물에 떠내려가지 않으려고 잘 때도 쉬지 않고 꼬리를 흔들지요."

"그렇네요. 한데 사람의 경우는 어떤 것이 시간에 떠내려가는 건가요?"

이번에는 웃음이가 물었다.

"허송세월하다 시간에 떠내려가 죽음에 이르는 거지요. 달리 표현하면 시간에 빠져 죽는 거지요."

147. 나무는 온몸으로 일어서

"세상에서 무엇이 가장 아름답나요?"

웃음이가 긍정이와 프랑스 파리의 에펠탑을 오르며 함께 동행한 선禪을 수행하는 프랑스 식물학자에게 물었다.

"나무가 아름답습니다."

"왜지요?"

"나무는 인생 전체를 일어서는 존재입니다. 그것도 온몸으로 일어섭니다. 또한 태어나서 죽는 날까지 성장하는 존재입니다."

"정말 그렇네요."

"그리고 해마다 한 번씩 열매를 맺어 생명을 살립니다."

"나무는 정말 위대하네요."

긍정이와 웃음이가 박수를 치며 감동했다.

"그럼. 사람은 어떤가요?"

학자에게 웃음이가 다시 물었다.

"사람 중에서 성자聖者는 나무와 닮았습니다. 성자는 일어서는 존재입니다. 그리고 성장하는 존재입니다. 그래서 차가운 머리와 뜨거운 가슴을 만나게 합니다."

"무슨 의미지요?"

"보통사람들은 차가운 머리로 살거나 뜨거운 가슴으로만 삽니다. 하지만 성자는 차가운 이성을, 따뜻한 가슴을 지나게 한 다음에 말을 하거나 행동으로 옮깁니다."

"아하, 그렇군요."

"그래서 성자의 언어와 행동은 성숙되고 인간애가 넘칩니다."

22

WEEK

꽃은
자신의 인생을
꽃피우는
놀라운 생명체야

148. 꿈은 이루어서 자신에게 선물하는 거야

여행허가서를 받아야만 들어갈 수 있는 부탄을 여행하고 있었다. 국민총행복지수를 국민총소득지수보다 중요하게 여기는 나라였다. 전 국민이 개인 스승을 가지고 있는 나라다. 왕에게도 지정된 개인 스승으로 왕사가 있었다.

"꿈이란 무엇일까?"

웃음이가 환한 얼굴로 이국의 정취에 빠져 혼잣말처럼 말했다.

"희망 아닐까. 바라는 마음이니까?"

긍정이가 웃음이의 말을 이었다.

그러자 안내하던 여인이 웃으며 말했다.

"꿈이란, 바라는 것을 몸으로 실천해서 현실로 만드는 작업이지요."

"아하. 정말 그렇네요. 꿈은 행동으로 실천해야 현실이 되는 것이네요."

긍정이가 얼굴 가득 웃음을 담고 감동했다.

"그렇습니다. 꿈을 영원히 꿈으로 방치하는 것은 살아있는 사람으로서 자신의 인생에 대한 예의가 아닙니다. 꿈을 이루어 자신에게 선물하는 것이 산 사람으로서의 예의입니다."

"아하."

긍정이와 웃음이가 동시에 대답했다.

"꿈은 마음으로 꾸고, 꿈은 몸으로 이루는 것입니다. 꿈의 실현은 마음에서 몸까지의 거리를 좁히는 것이 유일한 길이지요."

긍정이와 웃음이가 안내원을 보며 부탄의 하늘처럼 맑게 웃었다. 안내원의 얼굴도 맑았다.

149. 마음과 몸의 거리는 짧을수록 좋아

긍정이와 웃음이는 부탄에서 여행 안내자에게 인간적으로 폭, 빠졌다. 말 한 마디 한 마디가 마음을 쏙, 파고들었다.

꿈을 이루려면 실천이 필요한데 실천은 마음과 몸의 거리를 없애야 꿈을 이룰 수 있다는 말에 긍정이가 추가로 물었다.

"마음에서 몸까지의 거리는 사람마다 다르겠네요?"

"그렇지요. 어떤 사람은 마음과 몸의 거리가 없이 바로 행동으로 옮기고, 어떤 사람은 십년이 걸리기도 합니다. 어떤 사람은 망설이다 한 생을 보내지요."

"그럼. 마음과 몸의 거리를 줄이려면 어떻게 해야 하나요?"

"방법은 없습니다. 한 번뿐인 인생을 망설이다 끝낸다는 것은 안타깝지만 간절함의 크기에 달렸겠지요. 용기이기도 하고요. 하지만 확실한 것은…"

"무엇이지요?"

웃음이가 기다리지 못하고 조바심하듯 물었다.

"생각으로만 살라고 태어난 것이 아니라 몸으로 살라고 이 땅에 온 것이거든요. 이번 생은 마음生이 아니라 몸생生입니다."

150. 꽃은 초록의 식물에겐 반란이야

긍정이와 웃음이는 네덜란드를 여행하고 있었다. 튤립의 나라이기도 한 네덜란드의 튤립축제 구경을 하다 꽃전문가를 만났다.

"꽃은 동물로 말하면 생식기입니다. 성기지요."

긍정이와 웃음이의 얼굴이 빨개졌다. 그런 모습을 보고 꽃전문가가 빙긋이 웃었다.

"왜 꽃은 자신의 성기를 아름답게 만들었을까요?"

"왜 꽃은 자신의 성기에 향기를 담았을까요?"

긍정이와 웃음이가 이어서 물었다.

"꽃은 초록으로 무장한 식물에겐 하나의 반란입니다. 빨강, 노랑, 분홍, 하양. 모두 초록의 식물에겐 자극적인 색이지요. 몸에서 가장 화려하고, 가장 드러 내놓은 부분이 성기입니다."

긍정이와 웃음이는 듣고 있었다. 꽃전문가는 조리있고 핵심만 짚어 이야기를 계속 했다.

"이동할 수 없는 식물에게 벌과 나비는 사랑 배달부지요. 사랑을 전해 줄 벌과 나비를 유혹하고 있습니다. 사람으로 말하면 정자배달부지요. 성기가 유혹적이어야 하는 이유지요."

151. 꽃은 자신의 인생을 꽃피우는 놀라운 생명체야

긍정이와 웃음이는 꽃전문가의 이야기에 빠져 있었다.

"벌과 나비는 이동하는 유목부족이고, 식물들은 정착한 농경족속입니다. 유목부족의 방문을 위해 식물들이 정성을 들여 차려놓은 잔칫상이 꽃입니다. 꽃가루와 함께 꿀도 준비했지요."

꽃전문가의 표현이 야한 것 같지만 이해하기 쉬우면서 확실한 어법이었다.

"정말 그렇네요. 식물들이 짝에게 사랑을 전하기 위해 찾아 온 벌과 나비에게 차린 잔칫상이군요."

이번에는 웃음이가 끝없이 펼쳐진 튤립을 바라보며 말했다.

"한 해에 한 번 뿐인 잔치로 지상에 천국을 만드는 것이 봄입니다. 원색적으로 표현하면 아름다운 성기가 꽃이고요. 꽃들의 섹스축제가 봄인 셈입니다. 그래서 봄은 더욱 사랑으로 넘치는 계절입니다."

"!"

"꽃은 자신의 인생을 꽃피우는 놀라운 생명체입니다."

여운이 남는 말이었다. '꽃은 자신의 인생을 꽃피우는 놀라운 생명체입니다.'라는 말이.

152. 하늘같은 사람들이 사는 곳이 우리 사는 세상이야

아프리카 사하라 사막을 건널 때 동행한 탐험가와 함께 낙타를 타고 가고 있었다. 웃음이가 탐험가에 말을 시켰다. 이태리에서 온 탐험가가 답했다.

"하늘같은 사람들이 사는 곳이 이곳 지상이지."

"하늘같은 사람들이 사는 세상인데 많은 사람들이 왜 이리 사는 게 힘드냐고 하지요?"

"고난을 넘는 법을 배우러 온 것인데 공짜로 얻으려는 타성을 먼저 배워서 그렇지."

"?"

긍정이와 웃음이는 탐험가의 말을 이해하지 못했다. 그러자 탐험가가 다시 말했다.

"천국에서 살다 자신을 시험하러 온 곳이 우리가 살고 있는 지상이야."

"그래서 힘들고 벅차고 견디기 어려운 건가요?"

"그렇지. 고난을 배워야 극복이 아름다운 걸 배우고, 꽃이 시드는 걸 봐야 꽃이 피는 것이 기적 같은 걸 느끼게 되지."

"천국과 우리가 살고 있는 이곳은 무엇이 다르지요?"

"천국은 꽃과 열매가 상시 있지만 이곳에선 꽃과 열매를 위해 씨를 뿌려야 하는 곳이지. 땀과 눈물로 만드는 과정이 있는 걸 체험하는 곳이거든."

153. 땀은 산 자의 보석이야

이태리에서 온 탐험가는 지칠 줄 모르는 열정을 가진 사람이었다.

"과정이 없이 과실이 있는 곳이 천국이고, 과정의 역경을 거쳐야 얻을 수 있는 곳이 우리가 사는 이곳, 지상이란 말씀이시지요?"

웃음이가 평소와 달리 따지듯이 말하자 옆에 있던 긍정이가 웃음이의 허리를 쿡, 찔렀다.

"그렇지. 이곳 지상에서는 씨를 뿌리고 가꿔야 꽃이 피고, 지는 꽃이 있어야 꽃이 진 자리에 열매가 맺고, 열매가 떨어져 다시 겨울을 건너야 봄에 싹을 틔워 살아남을 수 있지. 이곳은 땀과 눈물로 직접 만들어야 하는 세상이고, 천국은 땀과 눈물 없이 이루어져 있는 곳이지."

"다 주어진 것이 싫어서 탐험을 하시나요?"

"당연하지. 사막을 여행하는 것도, 오지를 탐험하는 것도 내가, 내 결정으로, 내 몸으로 직접 체험하기 위해서지."

"땀이 그리운 분 같아요."

"그렇지. 내가 땀 흘린 것만큼 얻은 것이 내 것이거든. 땀은 살아있음을 확인시켜 주는 증거물이지. 또한 땀은 산 자의 보석이야. 진정한 천국은 농사를 안 지어도 과실이 열리는 세상이 아니라, 농사를 손수 지어 열매를 얻을 수 있는 곳, 진정한 배움이 있는 곳이 천국이야."

154. 감정을 다스리면 인생이 환해져

노르웨이의 백야는 사람을 하얗게 만든다. 몇 달이나 낮이 지속되면 몽롱해진다. 밤 12시임에도 환한 거리에서 거리의 악사를 만났다. 감정에 대한 이야기를 하던 중이었다.

"웃으면서 화내 봐."

대뜸 늙은 거리의 악사가 긍정이와 웃음이에게 말했다.

"안 되는데요."

긍정이와 웃음이는 고개를 좌우로 흔들며 답했다.

"감정은 앞뒤가 같아서 그래. 그래서 감정을 다스려야 인생이 환해져."

"아하. 그렇군요."

"감정은 생각하기 이전의 순수한 가슴의 소리거든. 그래서 남을 위로하면 내가 더 위로 받기도 하지."

"아, 예."

23 WEEK

삶은
방향이 있는
길이야

155. 행복은 전염되는 거야

노르웨이의 백야에서는 몇 날 며칠이 낮이다. 거리의 악사가 즐겁게 이야기를 하고 있었다.

"행복을 말하고 있으면 나도 상대도 행복으로 전염되고, 슬픔을 얘기해 주다 보면 둘 다 슬픔으로 전염되지. 위로해 주다 같이 울잖아. 남을 웃기다 같이 웃고."

"맞아요. 행복한 사람 옆에 있으면 행복해져요."

"당연하지. 행복도, 희망도, 웃음도 전염되지."

"우와. 그렇구나."

긍정이가 소리치며 인정했다.

그러자 늙은 거리의 악사가 백야의 거리에서 매듭짓듯 말했다.

"그래서 좋은 감정을 가지려면 긍정적인 생각이 먼저지. 긍정은 삶을 응원하는 위대한 격려거든."

긍정은 삶을 응원하는 위대한 격려라는 말이 자정의 백야 같았다. 어둠이 없는 백야에서 마음도 환해졌다.

156. 사람은 아름다움을 아는 존재야

러시아의 대문호 톨스토이 생가를 방문했을 때 차를 한 잔 마시며 박물관장에게 웃음이가 물었다. 다소 생뚱맞은 질문이었다.

"인간의 위대함은 무엇이라고 생각하세요?"

"인간은 아름다운 존재는 아니지만 아름다움을 아는 존재입니다."

"사람은 아름답지 않다는 건가요?"

"외형으로 보면 사람은 기형이지요."

"사람이 기형이라고요?"

"다른 동물이 본다면 기다란 존재가 두 발로 뒤뚱거리며 넘어지지 않고 걷는 모습이 신기하겠지요. 상당히 불안한 존재지요."

긍정이와 웃음이의 표정이 신기하단 표정이었다.

"그렇다면 인간이 아름다움을 아는 존재라는 것은 어떤 의미를 가지나요?"

"아름다움은 사고 영역 중에서 가장 빛나는 가치입니다. 아름다움을 안다는 건 아름다움을 실현하려는 존재라는 것의 반증이고요."

단호한 듯한 박물관장의 눈빛이 맑았다.

157. 인간 독립은 인간의 권리이자 의무야

'다시, 선禪'이라는 모임에 참가했다. 영국 런던에서도 중심지였다. 긍정이와 웃음이도 호기심을 가지고 참가했다. 중심인물은 동양인이었다. 대화형식의 질의응답으로 이루어져 있었다.

"인생은 서서 사는 겁니다!"

"서서 산다고요?"

"그렇습니다. 몸을 세우고 사니, 마음도 세워야 하는 거지요. 좀 더 확실하게 말하면 몸보다 마음을 세워서 사는 것입니다."

"설명을 부탁드립니다."

"설명을 할수록 이해가 어려워집니다. 직관으로 이해해야 합니다. 그것은 개인의 몫입니다. 굳이 설명하면 누구에게도 기대지 말고, 인간의 자유의지로 사는 거지요. 독립하지 않으면 종속되어야 하는데, 인간 독립을 이루어야 할 존재는 당연히 인간입니다."

"!"

"경계로부터의 독립, 신으로부터의 독립 그리고 몸으로부터의 독립이 필요합니다."

158. 하늘이 내린 최초의 공동체가 가족이야

"가족은 하늘이 내린 최초의 공동체라네."

"하늘이 내렸다고요?"

"부부는 하늘이 맺어 준 하늘인연으로 만나고, 자식은 피로 연결된 혈연으로 만난 공동체일세. 끊을 수 없는 관계로 구성된 공동체지."

궁정이와 웃음이는 이태리 로마의 길가 카페에서 티베트에서 온 여행자와 일행이 되어 커피를 마시면서 이야기하고 있었다. 여행자는 철학전공 교수였다. 머리가 희끗희끗했다. 여행자와 긍정이가 즐겁게 이야기하고 있었다. 웃음이는 지나가는 사람들을 구경하느라 정신이 없었다.

"최초의 공동체란 의미는 무엇입니까?"

"인류가 사랑을 배우고 난 후 처음으로 맺은 연대가 부부라네. 그러니 최초의 공동체지."

"멋진데요. 인류가 사랑을 배우고 난 후 만든 최초의 공동체가 부부라!"

긍정이는 혼자 상상에 빠져 감탄사를 불렀다.

159. 가족은 주는 사랑을 실천하는 유일하면서도 따뜻한 공동체야

긍정이와 웃음이는 티베트에서 온 여행자와 일행이 되어 계속 대화에 참여하고 있었다.

이번에는 웃음이가 생뚱맞게 티베트에서 온 여행자에게 물었다.

"왜 남자와 여자로 분리해서 만들었을까요?"

"단순하게 생각하면 답이 나오지. 진리는 단순하고 명쾌해. 생각해 보게."

"영 모르겠는데요."

"남자에게 여자가 없다면, 여자에게 남자가 없다면 인간의 역사가 지속될까?"

"재미없고, 무의미할 것 같습니다."

"그리움으로 살라는 의미라네."

"그리움이라고요?"

"그렇지."

"왜 그 많은 감정 중에 그리움이지요?"

"질리지 않는 감정이니까."

"!"

"반쪽에 대한 그리움으로 사랑의 불꽃이 꺼지지 않지. 과잉보다 결핍이 더 짜릿하거든. 과잉은 질리고 결핍은 절박하거든."

여행자는 개의치 않고 말을 계속했다.

"가족은 최초이면서 인류의 마지막 공동체가 될 거야. 주는 사랑을 실천하는 유일하면서도 따뜻한 공동체거든."

160. 삶은 방향이 있는 길이야

궁정이와 웃음이가 노인과 함께 시베리아의 눈이 내린 들판을 걸었다. 곧게 걷기로 약속하고 걸었다. 한참을 걸어 온 후 노인이 걸어 온 길을 뒤돌아보며 말했다.

"그대들이 걸어 온 길과 내가 걸어 온 길을 보시지요. 무엇이 다릅니까?"

궁정이와 웃음이는 깜짝 놀랐다.

"노인께서 걸어 온 길은 곧네요. 저희가 걸어 온 길은 왜 비뚤비뚤하지요?"

"그럼. 다시 걸어보시지요. 이번에는 신경을 써서 걸어보세요."

궁정이와 웃음이는 노인과 저만큼 떨어져서 다시 걸었다. 한참을 걸은 후 뒤돌아보았다. 마찬가지였다.

"저희도 신경을 써서 똑바로 걸었는데 마찬가집니다."

노인이 웃으며 말했다.

“그대들은 앞만 보고 걸었지요? 나는 들판에 선 나무 하나를 보면서 걸었지요. 앞은 방향이 아닙니다. 앞만 보고 걸으면 도리어 길을 잃지요."

'앞은 방향이 아니다.' 라는 말에 궁정이와 웃음이는 말문이 막혔다.

노인의 말이 이어졌다.

"지향점이 있는 삶은 흔들리지 않습니다. 삶은 방향이 있는 길입니다."

161. 인생은 시간으로 만들어진 그릇이야

페루는 고산지대가 많았다. 아직도 마을 추장이 있는 곳이었다. 긍정이와 웃음이는 쿠스코에서 3시간을 들어가야 만나는 계곡 마을에 머무르고 있었다.

"추장님은 인생을 무엇에 비교하십니까?"

긍정이가 물었다.

"그릇이지."

"그릇이요?"

"인생은 시간으로 만든 신비한 개인의 역사지. 그러니 인생은 시간을 담은 큰 그릇이야."

"…?"

긍정이와 웃음이는 마을 추장의 이야기를 귀 기울여 듣고 있었다.

"어떤 사람은 깨달음을 담고, 어떤 사람은 돈만 담지. 또 어떤 사람은 권력만을 담기도 하지. 안타까운 건 슬픔이나 불만만 담는 사람도 있어."

"깨달음을 담는 것이 쉽지 않잖아요?"

"그렇지. 쉽지 않은 게 인생이지. 또한 쉽지 않으니 해볼 만한 것이고."

'쉽지 않으니 해볼 만하다'는 말이 밤하늘의 별처럼 가슴이 박혔다.

"담는 것에 따라 자신의 인생이 돈통이나 웃음통, 슬픔통이 되는 게지. 웃음통도 좋지만 깨달음을 담은 것만 못 하지."

"평상시에도 사람마다 담긴 것이 보이겠지요?"

"담긴 대로 말에, 행동에 특히 얼굴에 담겨있지."

24

WEEK

행복은
감사에서 오고,
불행은
비교에서
오는거야

162. 행복은 감사에서 오고, 불행은 비교에서 오는 거야

티베트는 정신문화의 성지 같은 곳이다. 티베트의 정신적 지도자 달라이 라마 14세가 망명정부를 이끌고 있었다. '중국은 무력을 휘두르지만 우리는 진실의 힘을 갖고 있다'고 했다. 수도 라싸에서는 슬픔도 말갛게 투명해진다. 수도승이 아니어도 깨달음을 향해 가는 느낌이 든다. 붉은 가사를 입은 승려와 웃음이가 가파른 계단에서 이야기를 나누고 있었다.

"행복은 원하는 것을 얼마나 갖느냐에 있지 않습니다. 오히려 행복은 소유로부터 자유로워 질 때 옵니다."

"그렇다면 불행해지는 이유는 어디에 있습니까?"

"비교지요."

너무 명쾌하게 잘라 답했다.

"그렇다면 행복해 질 수 있는 비결을 한 마디로 하면 무엇이지요?"

"감사입니다."

163. 행복은 행복을 맞을 준비가 되어있는 사람에게만 찾아와

수도 라싸에서 승려와 계속 이야기 하고 있었다.
"감사만 하면 행복해지나요?
따지듯이 묻자 승려는 한 발 더 나갔다.
"더 쉬운 방법이 있습니다."
"뭔데요?"
긍정이와 웃음이가 동시에 물었다.
"너무 쉽지만 실천은 어렵습니다."
"무언데요?"
웃음이의 눈초리가 빛났다. 너무 쉽지만 실천은 어렵다는 말에 호기심이 갔다.
승려가 말했다.
"행복하다고 생각하면 행복합니다."
"?!"
승려의 말에 웃음이는 말문이 막혔다. 옆에 있던 긍정이도 말문이 막혔다.
붉은 가사를 걸친 승려는 표정 없이 일어나 계단을 오르고 있었다. 한국에서 여행할 때도 어떤 스님으로부터 들은 말이었다. 그때는 햇빛행복과 달빛행복으로 설명했었다. 행복은 행복하다고 생각하는 사람에게 머문다고 했다. 티베트의 수도 라싸에서 다시 들으면서 또 한 번의 충격이었다. 다시 말하면 불행은 불행하다고 생각하는 사람에게 머문다는 말이었다.

164. 인간의 위대함은 넘어지게 생긴 몸으로 바로 서서 산다는데 있어

남미에서 길게 태평양을 끼고 있는 나라 칠레의 수도에서 좀 벗어난 마을을 긍정이와 웃음이가 걷고 있었다. 마을 원주민과 만났다. 인디오였다. 많은 이야기를 나누다 한 마디 말이 긍정이의 마음에 꽂혔다.

"사람은 흔들려야 걸을 수 있습니다."

그랬다. 흔들려야 걸을 수 있다. 너무나 당연한 말이 마음을 흔들었다.

"그렇네요. 사람은 흔들려야 살아 갈 수 있는 존재네요."

긍정이가 인디오에게 말하자 인디오는 바로 답했다.

"그렇지요. 두 발로는 서 있을 수 없는 구조가 인간체형입니다. 서 있기도 어려운 몸으로 균형을 유지하며 걷는다는 것은 바로 서겠다는 의지에 있지요."

"그럼. 사람이 넘어지게 생긴 구조인가요?"

"그렇지요. 사람의 앞뒤가 불균형입니다. 앞으로 넘어지는 구조지요. 기형적으로 길면서 불안정하지요. 자연상태에서는 절대로 바로 설 수 없습니다."

자연상태에서는 바로 설 수 없다는 인디오의 마지막 말이 다시 한 번 긍정이와 웃음이의 마음을 흔들었다.

"인간의 위대함은 넘어지게 만들어진 몸을 바로 세워 산다는 것에 있지요."

165. 감정은 마음공장이야

긍정이와 웃음이는 남미대륙의 파라과이를 여행하고 있었다. 파라과이는 낙원이라는 파라다이스에서 나라 이름을 따올 만큼 살기 좋은 나라였다. 농군을 만나 마음에 대한 이야기를 듣고 있었다.

"감정은 마음공장이야."

"마음공장이요?"

웃음이가 눈을 동그랗게 뜨고 물었다.

"그렇지. 같은 상황에서도 감정은 긍정이란 재료를 넣으면 만족 웃음 기쁨 환희 같은 것들이 쏟아져 나오고, 부정적인 재료를 넣으면 불만 슬픔 미움 갈등 같은 것들이 쏟아져 나오지."

"정말 그렇네요."

166. 감정은 공평해. 사랑하는 마음이면 사랑이, 미워하는 마음이면 미움이 먼저 생겨

남미대륙의 파라과이에서 농군과 이야기가 길어지고 있었다.

"감정은 공평해. 정말 신기할 만큼 공평해."

"맞아요. 누군가를 미워하면 마음 안에 미움이 가득 차 잠도 안 오고 끝내 병까지 날 때도 있어요."

웃음이가 어릴 적 자신의 장난감을 뺏어 간 아이를 떠올리며 흥분해서 말했다.

농군은 차분하게 말했다.

"어떤 사람에게 미워하는 마음을 가지려면 내 안에 먼저 미움을 채워야 해. 내가 먼저 힘들어지지. 반대로 누군가를 사랑해 보면 알지. 사랑하는 사람을 생각하는 순간 내 마음 안에 따뜻한 사랑으로 가득 채워져. 괜히 내가 먼저 흐뭇해지지. 남에게 주는 걸 그대로 내가 먼저 받게 만들어진 게 우리 마음이야."

"신은 정말 공평하게 만들었네요."

"맞아. 감정은 빈틈이 없이 공평해. 넣은 재료대로 나오지. 그래서 자신을 사랑하는 사람은 남을 미워할 수가 없지. 내가 나의 주인인 나를 힘들게 해서는 안되잖아."

167. 강물에 안 떠내려가려면 노를 저어야 해

긍정이와 웃음이는 인도의 성스러운 갠지스 강을 건너고 있었다. 갠지스 강은 넓고 평화로웠다. 사공은 젊었으나 깊은 눈을 가진 사람이었다.

긍정이가 노를 젓고 있는 사공에게 먼저 말했다.

"사공을 하신 지는 얼마나 되셨나요?"

"40년입니다."

어린 긍정이와 웃음이게도 존댓말을 했다.

"예?"

40년 동안 배의 노를 저었다면 나이가 많아야 하는데 젊어 보였다.

"다섯 살 때부터 노를 저었지요."

"아하. 그러시군요."

"행복하신가요?"

"그럼요."

질문과 답이 단답형이어서 어색할 정도였다.

"힘들지 않으세요?"

이번에는 웃음이가 물었다.

배는 강의 중간을 넘고 있었다.

"힘들지요. 수입도 적고요."

"힘든데도 행복하세요?"

"그럼요. 여행이 힘들지 않으세요?"

"힘들지요."

대답해 놓고서는 할 말이 없었다. 여행이 힘은 들지만 정말 행복했다.

"힘든 것과 행복하지 않은 것과는 별 상관이 없지요. 강물에 안 떠내려가려면 노를 저어야 합니다. 행복에 이르려면 마음의 노를 계속 저어야 합니다."

168. 행복을 허락해 주어야 해

갠지스 강은 흘러내리고 있었다. 젊은 사공은 젊었으나 내공이 있었다. 힘든 것과 행복은 별 상관이 없다는 사공과 이야기가 계속 되었다.

"행복하려면 긍정의 노젓기를 계속 해야 합니다."

"긍정의 노젓기란 무엇이지요?"

"예를 들면 행복하기 위해서는 행복을 허락해 주는 사람을 만나야 합니다."

"행복을 허락해 주는 사람을 만난다고요?"

이번에는 긍정이가 의심을 가지고 물었다. 행복이라는 감정을 허락해주는 사람이 있다는 것은 말도 안 되는 소리였다.

"그렇지요. 천하를 가지고도 불행하다고 생각하는 왕이나 부자들이 많습니다."

"..."

긍정이와 웃음이는 다음 말을 기다렸다.

"행복하려면 행복을 허락해 주어야 합니다. 그 사람은 세상에 한 사람 뿐입니다."

"누구지요?"

성급하게 웃음이가 물었다.

"나 자신입니다."

긍정이와 웃음이는 뜻밖의 말에 귀를 쫑긋 세웠다.

사공이 말을 이었다.

"자신이 행복하다는 것을 허락하지 않으면 행복할 수 없습니다. 불행도 자신이 허락하지 않으면 불행하지 않습니다."

25

WEEK

온혈의 온도가
사랑의 온도야

169. 걱정은 짊어지지 말고 내려놓고 가는 거야

볼리비아의 코차밤바라는 마을에서 젊은 길거리 장사꾼과 이야기를 나누었다. 과일을 그대로 압착해 주스를 만들어 파는 사람이었다. 친절하고 웃음이만큼이나 얼굴에 웃음이 가득 했다.

"세상에서 가장 소중한 걸 가지셨네요."

길거리 장사꾼이 밝게 웃는 모습을 보고 긍정이가 말했다.

"웃음도 좋지요. 하지만 걱정도 버릇이지요. 낙천도 버릇이고요."

"아, 예. 그런가요."

긍정이와 웃음이도 공감하며 환하게 웃었다.

"배를 타고 강을 건널 때 어떤 사람은 배 안에서 무거운 짐을 진 채로 건넙니다. 또 어떤 사람은 짐을 내려놓고 가볍게 강을 건너지요."

긍정이와 웃음이는 자신을 돌아보았다.

길거리 장사꾼은 다시 말을 계속 했다.

"걱정도 똑 같습니다. 어떤 사람은 같은 배를 타고 건너면서 걱정을 내려놓고 주위를 구경하며 편하게 건넙니다. 어떤 사람은 걱정을 꼬옥, 끌어안고 주위를 둘러 볼 엄두도 못 내고 조바심하며 건너갑니다."

"그러시면 걱정에서 해방되셨겠네요."

"걱정할 시간에 웃음공부하지요. 행복공부하고요. 행복과 웃음은 밑천이 없이 누릴 수 있거든요."

170. 약간 부족한 듯 사는 게 적당한 소유량이야

긍정이와 웃음이가 브라질 상파울루의 거리에서 오래 머물렀다. 과일을 압착해 주스를 만들어 파는 순수하지만 강렬한 느낌을 지닌 거리의 장사였다. 매력에 빠져 계속 대화를 나누었다.

길거리 장사의 표정이 눈에 띄게 밝아 긍정이가 물었다.

"지금 길거리에서 장사를 하고 있는 것에 만족하세요?"

짐자전거 뒷자리에 원시적인 액즙기를 올려놓고 주스를 만들어 파는 것이 전부였다.

"내가 처한 상황을 받아들이고 사니 다 고맙지요."

웃음이가 도전적으로 물었다.

"부자가 부럽지 않으세요?"

"내가 가진 만큼 누군가는 덜 가져야 해요. 지금의 내 소유분에 감사하지요."

긍정이와 웃음이는 한방 얻어맞은 느낌이었다. 내가 가진 소요분만큼 다른 누군가는 잃어야 한다는 말 때문이었다.

길거리 장사의 목소리에는 당당함이 들어 있었다. 그러면서 한 마디를 덧붙였다.

"부족한 듯 사는 게 가장 알맞은 소유량입니다."

171. 온혈의 온도가 사랑의 온도야

중앙아시아의 우즈베키스탄을 여행하면서 소가 끄는 마차에 올라타고 몇몇이 함께 갔다. 소를 모는 사람은 도인의 풍모를 가진 노인이었다.

"사람의 모습을 보세. 대표적으로 불균형한 존재지."

"사람이 불균형한 존재라고요?"

긍정이와 웃음이에게는 뜻밖의 답이었다. 사람이 가장 완성된 존재로 배웠고 균형 잡힌 존재로 알고 있었다.

"가만 보시게. 길게 생긴 몸을 세워서 다니니 얼마나 불안한가. 그것도 모자라 네 발이 아니라 두 발이라네. 기우뚱거리며 넘어질 듯이 걷는 모습이 다른 동물이 봤을 때는 불안한 존재지."

"그렇네요."

"사람은 사람이 가진 온도로 살라는 거야. 사람의 온도는 뜨겁지도 차갑지도 않은 온도지. 온혈의 온도는 세상을 받아들인 온도라네."

172. 여행자가 여행지를 나무라면 안 되지

"깨달음에 대하여 한 말씀 부탁드립니다."
"깨달음은 있는 그대로 보는 것이라네."
중앙아시아의 우즈베키스탄을 여행하면서 소가 끄는 마차에 올라 타고 몇몇이 함께 갔다. 도인의 풍모를 가진 노인과 이야기 하다 웃음이가 물었고 노인이 대답했다.
웃음이가 다시 물었다.
"'있는 그대로 본다'는 것이 막연하게 들립니다."
"그런가. 타고난 그대로를 인정하라는 말이야. 키 작은 민들레도 한 해를 살고, 키 큰 해바라기도 한 해를 살아. 다르지만 다른 아름다움이 있지 않나. 마찬가지로 다른 이유로 다르게 태어난 모습을 가졌지."
"!"
"초원에는 사슴도 있지만 사슴을 잡아먹는 늑대도 있지. 우리가 늑대를 욕할 수 있을까. 우리는 여행자야. 여행자가 애초에 있었던 여행지를 나무라면 안 되지."

173. 크게 흔들릴수록 열정적으로 사는 거야

"세상은 학교에서 배우는 게 아니라 세상 밖에서 배워야 해."

"'세상 밖'이라는 의미가 있나요?"

"있지. 세상은 안과 밖이 있어. 바람이 부르는 곳으로 가면 세상 밖이 있지. 그냥 바람의 향기를 따라가면 돼. 그곳이 바로 세상 밖이지."

여행을 직업으로 선택한 시인을 터어키에서 만났다. 여행이 좋아 아예 직업으로 삼았다고 했다.

"그러면 어디까지가 '세상 안'이지요?"

"내 잣대로 세상이 이해되는 곳까지가 '세상 안'이야. 세상 안에서만 살았으니 세상 밖을 구경하라는 것이지. 세상 안에서 옳은 것들이 세상 밖에서는 옳지 않을 수도 있거든. 옳고 그름이 경계에서 나누어지니 경계의 바깥인 세상 밖으로 가라는 이야기야."

"아하, 그렇네요."

"경계에는 이런 팻말이 있어."

"무슨 팻말이요?"

웃음이의 마음이 바빴다.

"'바람의 마음을 닮아 봐. 흔들려야 살아있는 거야'라고 적혀 있었어."

"아, 흔들려야 살아있는 거라고요."

긍정이가 감탄하며 말했다.

여행자가 다시 말했다.

"크게 흔들릴수록 열정적으로 사는 거야."

174. 사람과 사람 사이에는 그리움이라는 별이 떠야 하는 거야

긍정이와 웃음이는 라오스의 수도 비엔티안에서 조금 떨어진 작은 마을을 여행하고 있었다. 긍정이가 갑자기 생뚱맞게 시인에게 물었다.
"사람과 사람 사이에는 무엇이 있어야지요?"
시인은 뜻밖에도 너무 쉽게 대답했다.
"사람과 사람 사이에는 그리움이 별처럼 떠올라야 해."
"그리움이요?"
긍정이의 목소리가 커졌다.
"떨어져 있으면 끌어당기는 힘이 그리움이지. 그리움이 사람의 관계를 유지하는 동력이야."
"보고 싶은 것도 그리움인가요?"
이번에는 조금 부드러운 목소리로 물었다.
"보고 싶어야 그리워지겠지. 그리움은 떨어져 있는 거리에 대한 안타까움이야."
"사랑의 크기가 그리움의 크기겠네요?"
"그렇지. 그리움은 사랑하는 사람이 부재한 자리에 피는 꽃이야. 사랑할수록 그리움의 꽃은 활짝 피는데 절정에 가면 함께 있어도 그리운 사람이 있어."
"우와. 함께 있어도 그리운 사랑, 정말 멋진 사랑이네요."

175. 미래에 대한 걱정으로 오늘을 오염시키지 마라

라오스는 불교국가였다. 붉은 가사를 입은 스님들이 탁발하러 줄을 지어 걸어가는 모습은 아름다운 풍경이었다.

이번에는 나이 지긋한 스님에게 웃음이가 물었다.

"어떻게 사는 게 잘 사는 것인지 말씀해 주세요."

"산 것으로 족하면 되는 것이지요. 따뜻한 햇살을 받아들이듯 살아 있음을 받아들이는 것이지요."

"살아오면서 후회되는 일이 생기고, 앞날이 걱정되기도 하는 걸요."

"그래도 이 순간, 여기를 받아 들여야지요. 지나간 후회로 맑은 오늘을 쓰는 것은 안타까운 일입니다. 마찬가지로 미래에 대한 걱정으로 투명한 오늘을 오염시키지 마세요."

26

WEEK

지금은
사랑할 시간이야

176. 기대는 기다리는 게 아니라 찾아가야 하는 거야

긍정이와 웃음이는 하늘도시, 페루의 마추픽추에서 뜨거운 태양 속에 있었다. 태양축제가 진행되고 있었다.
마을추장과 긍정이가 사람과 인생의 기대에 대한 이야기를 나누고 있었다.
"기대는 자신에게 하면 마음이 뜨거워지지만, 반대로 기대는 남에게 하면 차가워져."
추장의 말이었다.
"우와. 멋집니다. 고맙습니다."
기대에 대한 명쾌한 정의에 긍정이가 행복해 했다.
"또한 기대는 기다리면 눈물이 되지만 찾아가면 웃음이 되지."
"왜지요?"
"기대는 농사짓는 것과 같아서 씨를 뿌리고 기다리면 말라 죽지. 가꾸어야 꽃이 피고 열매를 맺거든. 기대는 기다리는 게 아니라 찾아가야 해."
'기대는 기다리는 게 아니라 찾아가는 가는 것'이라는 말이 마음을 행복하게 했다.
"기대는 결국 자신에게 해야 하는 거군요?"
"그렇지. 사실 기대는 남에게 하는 것이 아니라 나 자신에게 하는 것이어야 해."

177. 인생은 선택으로 만들어지고, 여행은 이별로 만들어져

궁정이와 웃음이가 중앙아시아의 카자흐스탄에서 우마차를 함께 타고 온 노인과 들판을 건너서 헤어져야 했다.
궁정이와 웃음이가 섭섭해 하자 노인이 한 마디 했다.
"인생은 선택으로 만들어지고, 여행은 이별로 만들어지지."
"여행이 이별로 만들어진다고요?"
궁정이가 헤어지는 것을 아쉬워하며 노인에게 물었다.
"여행자에게 이별은 일상이고, 이별의 섭섭함보다 큰 걸 얻어."
"뭐지요?"
"여행에서 이별은 새로운 세상으로 들어가는 문이지."

178. 잊혀 가는 것도 사랑의 과정이야

긍정이와 웃음이가 중앙아시아의 카자흐스탄에서 우마차를 계속 가고 있었다. 이야기도 계속 이어졌다.

"한 말씀 여쭤볼 게요."

"이야기해 봐."

"여행에서 이별은 새로운 세상으로 들어가는 문이라고 하셨는데 사랑의 끝은 뭘까요?"

이번에는 웃음이가 화제를 바꿔 노인에게 물었다.

옆에 있던 긍정이가 노인이 답하기 전 동의를 구하듯 말했다.

"이별 아닌가요?"

노인이 웃으며 답했다.

"아니야. 이별 후에도 사랑은 계속 되는 거야, 그리움으로. 그리움도 사랑이거든. 그리고 잊혀 가는 것도 사랑의 과정이야."

"그럼. 사랑의 끝은 뭐지요?"

다시 긍정이가 물었다.

"사랑의 끝은 잊혀진 거야."

179. 행복은 크기보다 횟수야

긍정이와 웃음이는 중앙아시아의 키르키즈스탄으로 넘어갔다. 안색이 환한 노인을 만났다. 햇볕에 그을린 건장한 체격이었다. 양과 염소떼를 몰고 있었다.

"행복해 보입니다. 웃음이 얼굴에 그려져 있습니다."

긍정이가 유목민에게 말했다.

"행복하지."

"무엇이 행복합니까?"

"귀밑머리가 미풍에도 흔들리듯이 행복은 작은 일에도 신비로워하고 기뻐하는 것에서 오지."

"무엇을 가지거나 성공했을 때 오는 것이 아닌가요?"

"행복은 바람에 나풀거리는 풀잎처럼 오는 거야. 기쁨은 크고 작은 게 없어. 아가의 맑은 웃음이나 어른의 웃음은 다를 바 없어. 행복에서 정작 중요한 것은 횟수야."

"그러면 행복은 어디에서 오지요?"

"'더'라는 욕망이 아니라 '덜'이라는 작은 비움으로부터 오지. 아침이 오는 걸 고마워하고, 꽃이 피는 걸 기뻐하고, 하늘의 별이 반짝이는 것을 흐뭇해하는 마음, 그것이 진정 행복한 사람이야."

"!"

"함께 하는 것, 가까이 있는 것과의 교감에 행복해하는 사람처럼 큰 행복을 가진 사람이 어디 있겠는가!"

180. 지상에서 내가 가질 수 있는 것은 순간뿐이야

긍정이와 웃음이가 히말라야의 야산 기슭에 움막을 짓고 살고 있는 사람을 만났다. 부처의 나라 네팔의 산촌에서였다. 비교적 젊은 사내였다. 자신의 스승과 제자의 이야기라며 전해주었다.

죽음을 앞에 둔 동료를 스승이 찾아갔다. 가면서 스승은 가방 하나를 들고 갔다.

"이제 돌아가야 할 시간이다."

"억울해요. 저는 해야 할 일이 많습니다."

"유감스럽지만, 이제 돌아가야 할 시간이다. 그걸 인정해야 편하게 갈 수 있다."

자신을 찾아 준 스승이 가져 온 가방에 무엇이 들어있는지 궁금했다.

"그런데 스승께서 가져오신 저 가방에는 무엇이 들어있나요?"

"이 안에는 네 것들이 들어 있다."

"제 것들이라면, 스승님과 거처할 때 사용하던 물건이나 책 같은 것들인가요?"

"그런 것들은 네 것이 아니다. 그것들은 지상에서 잠시 빌린 것이다."

"그러면 스승님과 살았던 추억을 담은 것이 들어있는지요?"

"아니다. 그것들은 지난 시간 속에 있다."

"그럼 저와 함께 했던 동료들이나 가족들과 관계된 건지요?"

"아니다. 그것들은 네 인생의 과정 속에 있다."

제자는 소리치듯 말했다.

"스승님. 제 몸은 제 것이잖아요?"

"아니다. 몸은 한 낱 빌려 입은 옷일 뿐이다."

눈물을 흘리며 안타까운 마음으로 스승의 가방을 바라보았다.

"그럼, 가방은 누구를 위하여 가져온 것입니까?"
"너의 것이다."
스승은 모두 궁금해 하는 가방을 열었다. 텅 비어 있었다.
"내가 가방에 가져온 것은 순간이라는 시간이다."

181. 지금은 사랑할 시간이야

네팔의 산촌에서 스승과 제자의 이야기를 계속 하고 있었다. 제자가 따지듯이 물었다.

"진정 제 것은 아무 것도 없나요!"

"그렇다. 너의 것은 어떤 것도 없다!"

"그렇다면 저는 무엇으로 살았습니까?"

죽음을 앞에 둔 제자와 동행한 제자들이 스승의 말을 기다렸다.

"너는 순간들을 살았어야 했다. 네가 가진 순간들이 너의 것일 뿐이다."

"스승님. 그럼, 살 날이 얼마 안 남았지만 어떻게 살아야 합니까?"

"네가 가진 순간을 살아야 하고, 네가 만나고 있는 사람과 살아야 하고, 네가 가진 사랑으로 살아야 한다. 그리고 너의 순간인 지금을 누릴 줄 알아야 한다."

"그 중요한 일을 왜 이제야 알려주십니까?"

"세상이 말했고, 선지자가 적어 놓은 책 속에서 말했고. 또한 내가 말했다. 준비하지 않았고, 시간을 낭비했고, 인연을 낭비했다. 또한 지금도 시간을 낭비하고 있다."

"제가 뭘요?"

"살아있는 순간을 누리라 했다. 지금, 여기에 있는 우리들과 함께 살아있음을 온전히 누리고, 따뜻함을 가져야 하는 걸 아깝게 소비하고 있다. 원망이나 아쉬워 할 시간이 없다. 감사해야 한다."

182. 기도하는 손보다 일하는 손이 아름다워

긍정이와 웃음이가 인도의 바람의 사원에서 많은 좌선하고 앉아 있는 사람과 많은 사람들이 이야기를 나누고 있는 곳에 함께 있었다.
전통의상을 입은 여인이 좌선한 사람에게 물었다.
"꿈을 이룰 수 있는 방법은 무엇인가요?"
"꿈을 꿈으로만 가지고 사는 사람들이 많습니다. 꿈은 땀을 기다리고 있습니다. 마음을 몸에게 전해야 행동할 수 있습니다."
'꿈은 땀을 기다리고 있다'는 말에 나비 한 마리가 날아 오르는 기분이었다.
좌선한 사람은 이야기를 계속했다.
"기도하는 손보다 행동하는 손이 아름답습니다. 간절히 기도하는 손도 아름답지만 땀 흘려 실천해 거칠어진 손이 더 아름답습니다. 가난한 사람을 위한 기도하는 손도 아름답지만 쌀을 가져다주는 손보다 아름다울 수는 없겠지요."

〈1권 끝〉

넌 긍정만 불러내서
널 만나면
즐거웠구나.
그럼,
넌 웃음만 불러내서
늘 웃고 사는구나.

사람 안에 들어있는 것들은

주인이 불러내야 찾아온다는 말.

부르지 않은 것들은

감정상자 안에서 잠잔다고 했어.